Martial Arts Killer

von Konrad Gladius

Martial Arts Killer

Morde im Lockdown

von Konrad Gladius

Bibliografische Information der Deutschen Nationalbibliothek:
Die Deutsche Nationalbibliothek verzeichnet diese Publikation in
der Deutschen Nationalbibliografie; detaillierte bibliografische
Daten sind im Internet über dnb.d-nb.de abrufbar.

TWENTYSIX
Eine Marke der Books on Demand GmbH.

Covergestaltung: TWENTYSIX

1. Auflage, 2021
© 2021 Konrad Gladius
Alle Rechte vorbehalten.

Herstellung und Verlag:
BoD - Books on Demand, Norderstedt.

ISBN: 978-3-740785-42-0

Inhaltsverzeichnis

Kapitel 1 – Erwürgt

Er trat auf den verschneiten Gehweg. Kälte umspielte die breite Knollennase oberhalb des Zigarillos. Der Fußweg zu seinem Auto war nicht weit, dennoch blickte er sich genauestens um. Die nächtliche Ausgangssperre zur Eindämmung der seit einem Dreivierteljahr andauernden Pandemie mit dem neuartigen Virus SARS-CoV-2 hatte er in der Öffentlichkeit nachdrücklich verteidigt. Ebenso wie die Schließung der Bordelle. Das hielt den Mann mit seinem schütteren, grauen Haar und der Brille mit breiten, schwarzen Rändern nicht davon ab, zu nächtlicher Stunde unterwegs zu sein. Immerhin konnte er seinen Bedürfnissen ja nicht tagsüber nachkommen. Gewisse Aktivitäten brauchen nun einmal den Schleier der Dunkelheit.

In jenem Moment fühlte er in sich hinein und spürte das Gefühl tiefer Befriedigung. Wie gut es doch war, dass er sich das junge, russische Ding mit den großen Brüsten gemerkt hatte. Ihr Preis entsprach nach der letzten Erhöhung zwar nicht mehr ganz seinen Vorstellungen, jedoch konnte er es sich ohne Schwierigkeiten leisten, zweimal in der Woche zu ihr zu gehen.

Seine Schritte trugen den Mann mit dem fülligen Bauch durch den knöchelhoch liegenden Schnee weiter in Richtung seines Autos. Es stand auf einem kleinen, von entlaubten Hecken umrandeten Parkplatz. Die schwarzmetallicfarbene Limousine verriet selbst Unkundigen, dass der Eigentümer über ein gut gepolstertes Portemonnaie verfügen musste. Zu jenem fasste der Mann in diesem Moment. In seiner dunkelgrauen Manteltasche befand sich auch eine Fernbedienung, welche er nun betätigte. Das Fahrzeug entriegelte und sendete einen knappen Lichtschein durch die verschneite, nächtliche Landschaft. Ein flüchtiger Blick bestätigte ihm, dass in diesem verschlafenen Nest wieder einmal niemand bemerken würde, was er hier zu schaffen hatte.

Das Automobil wäre grundsätzlich auch ohne einen Druck auf die Fernbedienung zu entriegeln gewesen. Sensoren konnten die Anwesenheit des Schlüssels erkennen. Solche Systeme behagten dem Fahrer jedoch nicht. Er liebte es, die Kontrolle zu behalten. Eine Sicherheit, die selbst ihm in jenen Tagen der zweiten Welle der Corona-Pandemie zu entgleiten drohte.

Es gab für ihn nur eine Sache, bei der er mit Freuden die Zügel aus der Hand gab. Das kurz zurückliegende Liebesspiel entsprach genau seiner Vorstellung perfekter Glücksmomente. Der von ihm erworbene Dienst folgte daher immer dem gleichen Muster. Er zog sich aus und legte den wohlgenährten Körper auf das weiche, rotbezogene Bett. Die Dame verwöhnte sein bestes Stück mit ihrem Mund, bis es ganz aufgerichtet war. Dass dieser Zustand seit einigen Jahren etwas länger auf sich warten ließ, störte den Mann dabei in keiner Weise. Dann streifte sie ihm ein hauchzartes Präservativ über und setzte sich für einen schnellen Ritt auf ihn. Selbst verschränkte er immer die Hände hinter seinem Kopf, um sich vollständig bedienen zu lassen. Sein Blick genoss jede Bewegung des zuckenden, jungen Körpers auf ihm. Für seine vollumfängliche Befriedigung galt es für die Dame mit den richtigen Worten immer wieder seine männlichen Vorzüge zu lobpreisen. Zudem zeigte sie ihm, gut gespielt, höchste Verzückung, während er selbst den Höhepunkt genoss.

An seinen heutigen Höhepunkt erinnerte sich der Mann zurück, als er die Tür der Limousine öffnete und in das vorgeheizte Auto stieg. Seine Achtsamkeit gönnte sich in diesem Moment eine Auszeit.

***

Der feiste Bonze betrat den noch weichen Schnee des kleinen Parkplatzes. Das Ziel schaute sich kaum um und hielt zielstrebig auf sein Auto zu. Er musste schnell handeln. Ein Satz trug den Beobachter aus seinem eigenen Fahrzeug. Flinke Schritte brachten ihn zur Fahrertür der Limousine. Ehe der Mann sich überhaupt nach dem Türgriff zu strecken vermochte, um die Tür zuzuziehen, schlossen sich zwei Arme um seinen Hals. Die rechte Ellbogenbeuge des Angreifers zerdrückte mit der Entschlossenheit einer Schrottpresse Schlagadern und Adamsapfel des Opfers. Der Attentäter fasste seine eigene linke Armbeuge mit der rechten Hand. Die linke Hand wiederum stabilisierte den Würgegriff am Hinterkopf des Bonzen.

Der Mann brachte keinen Laut mehr hervor. Während der Angreifer ihn halb aus dem Auto herauszog, fiel ihm der Zigarillo aus dem Mund und landete im Schnee. Nach einem kurzen, durch den kalten Wind bedingten Aufleuchten verlosch er und ließ nur noch einen sich schnell verflüchtigenden Rauchfaden zurück. Ebenso erstarb auch die Gegenwehr des Mannes. Seine Hände, die versucht hatten, den Arm des Angreifers vom Hals wegzuziehen, hingen bewegungslos an ihm hinab. Noch eine ganze Weile wurde der Griff aufrechterhalten. Dann entwich das Leben aus dem Körper. Der Angreifer tastete nach der Halsschlagader des Bonzen. Er konnte keinen Puls erspüren und holte einen Handspiegel hervor. Auch direkt vor Mund und Nase des anderen beschlug dieser nicht.

***

Grob wird der Körper in das Wageninnere gestoßen. Dort sackt er über dem Automatikschalthebel zusammen. Die Fahrertür fällt leise ins Schloss. Die Verriegelung des Automobils ist klar zu hören. In diesem Moment setzt starker Schneefall ein.

Kapitel 2 – Eine Leiche

Kriminalhauptkommissar Rüdiger Edelmann hatte seinen Beruf bis vor Kurzem geliebt. Er wusste, dass er diesen ohnehin nicht mehr allzu lange ausüben durfte. Vom heutigen Tage an waren es noch zwölf Wochen, bis er in den wohlverdienten Ruhestand gehen sollte. Unmittelbar nach seinem 60. Geburtstag würden seine Kollegen ihm eine Abschiedsfeier geben. Wie in der Dienststelle üblich, galt es ihnen dafür ordentlich einen auszugeben.

Doch bis dahin musste er sich mit dem „Küken" herumschlagen. Offiziell sollte sie seinen Posten übernehmen. De facto war sie zu seiner Partnerin gemacht worden. Wie alt war sie? 23, oder? Frisch aus dem Studium hatte man diese Kriminalkommissarin zunächst in die Sitte gepackt und jetzt einfach mal auf den Posten in der Mordkommission versetzt, der am besten für einen Aufstieg zum Hauptkommissar geeignet war. Wenn das mit der Frauenförderung so weitergehen würde wie bisher, dann hätte sie schon mit

Mitte dreißig seinen Dienstgrad und würde es bis zur Amtsleiterin schaffen. Was für eine ungerechte Welt dies doch war.

Zugegeben, „et", wie der Saarländer von einem Mädchen zu sprechen pflegt, war schon etwas fürs Auge. Die Blondine war groß. Ihr durchtrainierter, geradezu muskulöser Körper wirkte jedoch kantig. Der flache Busen dazu und die ebenso kantigen Gesichtszüge erweckten den Eindruck, dass „die Neue" recht spröde sein mochte. Das eine oder andere freundliche Lächeln hatte sie ihm zwar schon geschenkt, aber ... Egal! Die letzten Wochen würden vorbeigehen und bis dahin musste er eben etwas babysitten.

Edelmann nahm seine Winterjacke vom Kleiderständer im Büro, legte die dienstlich gelieferte, schwarze, medizinische Maske an und verließ in Gedanken das Polizeipräsidium, welches man im Saarland „Direktion" nennt, durch den Ausgang zum Parkplatz. Glücklicherweise befolgte das Küken Anweisungen. Sie vorzuschicken, um den Wagen zu holen, das gefiel dem altgedienten Ermittler. So konnte er seine Sachen in Ruhe zusammensuchen und nun in den VW einsteigen, der als ihr Dienstfahrzeug zur Verfügung stand.

„Wo geht es genau hin?", fragte Kommissarin Michaela Burghardt.

„Nach Holz. Burgstraße", antwortete ihr Kollege.

Sie tippte die Adresse in das Navigationsgerät.

„Kennst du eigentlich den?", begann Edelmann zu erzählen. „Ein junger Mann trifft auf einem Volksfest ein attraktives Mädchen und nimmt es mit zu sich nach Hause. Im Bett strengt er sich mächtig an, es zu beglücken, es zeigt aber überhaupt keine Regung. Daraufhin fragt er es erbost: Sag‘ mal, bist du aus Holz?!"

„Nein, aus Quierschied", antwortete Michaela mit dem Namen des Nachbarorts von Holz.

Sie grinste leicht verlegen unter ihrer Mund-Nasen-Bedeckung und stimmte in das einsetzende Lachen ihres Kollegen nicht ein.

„Den kanntest du also schon", stellte der Hauptkommissar noch lachend fest.

„Ja, ich habe eine Weile in Quierschied gewohnt und durfte mir das mehr als einmal anhören", antwortete sie.

„Bist du eigentlich vergeben?", fragte der ältere Kriminalpolizist.

„Seit zwei Monaten bin ich wieder zu haben", erwiderte die Kommissarin und steuerte das Auto aus Saarbrücken heraus. „Das Studium war nicht gerade sehr beziehungsförderlich. Und jetzt, in diesem zweiten Lockdown, wo wieder alles dicht ist und man nirgends hinkann, ist es echt schwer, außerhalb des Internets jemanden vernünftig kennenzulernen."

„Verstehe", kommentierte Edelmann. „Unser Beruf ist da auch keine große Hilfe. Wenigstens fahren wir zu deinem ersten Tatort in der Mordkommission zu wirklich humaner Stunde. Und wir hatten sogar vorher schon einen Kaffee."

***

Das Saarland ist nicht groß und grundsätzlich jeder Ort von Saarbrücken aus in überschaubarer Zeit zu erreichen. Der kleine Parkplatz war mit Sicherungsband abgesperrt und zwei Streifenwagen, ein Löschfahrzeug der Feuerwehr sowie ein Krankenwagen befanden sich vor Ort. Michaela steuerte den Dienstwagen an den gegenüberliegenden Straßenrand und stieg zeitgleich mit ihrem Kollegen aus. Für sein Alter war Rüdiger noch bemerkenswert agil, wie sie dabei erneut feststellte.

Wie in jener Zeit der Corona-Pandemie üblich, trugen alle am Tatort Anwesenden eine Mund-Nasen-Bedeckung und vermieden es, dichter als nötig zusammenzustehen. In den wenigen Tagen, die noch bis zum neuen Jahr blieben, klagten die Intensivstationen der ganzen Republik über eine kaum zu bewältigende Anzahl an Corona-Patienten. Täglich verstarben mehrere Hundert Menschen an oder mit dem Virus. Auch wenn man nicht zur Risikogruppe zählte, galt es sich und andere durch diese einfachen Maßnahmen vor einer Ansteckung zu bewahren. Die ersten Impfungen gegen die neue Krankheit liefen nur schleppend an und blieben im Moment der Generation der über Achtzigjährigen vorbehalten. Die allgemeine Vermummung der Öffentlichkeit erschien die logische Konsequenz. Dadurch wurde es jedoch nahezu unmöglich, das Mienenspiel der Anwesenden zu lesen. Ein Umstand, welcher der immer noch recht frischgebackenen Kriminalkommissarin überhaupt nicht schmecken wollte.

Ihr Partner hatte sich im Sturmschritt zur Absperrung begeben und nickte den Streifenpolizisten zur Begrüßung zu. Als Michaela hinzugetreten war, begann bereits ein Oberkommissar in mittleren Jahren, von dem man zwischen Mütze und Maske kaum mehr sah, als die graublauen Augen, den Sachverhalt zu erläutern.

„Der Name des Toten ist Gernot Müller, SPD-Landtagsabgeordneter und wohnhaft in Saarbrücken", erklärte der Beamte. „Was er hier trotz nächtlicher Ausgangssperre zu suchen hatte, wissen wir nicht. Eine Passantin hat ihn hier vor einer Stunde in seinem Auto liegen sehen und die Rettungskräfte verständigt. Die Feuerwehr musste das Fahrzeug aufbrechen. Reanimationsversuche blieben erfolglos. Der Notarzt hat den Tod und schwere Würgemale am Hals festgestellt und die Polizei gerufen."

„Gibt es Zeugen des Vorfalls?", fragte Edelmann.

„Leider nein", antwortete der Streifenkollege. „Wir haben bereits alle Anwohner befragt und keiner will etwas mitbekommen haben."

„Wie kann es sein, dass das Opfer erwürgt wurde und in einem verschlossenen Auto saß?", hakte Michaela nach und legte dabei gewohnheitsgemäß die Stirn in Falten. So pflegte sie Ungereimtheiten bei einer Ermittlung zu quittieren.

„Verriegelungsautomatik. Der Täter muss den Mann ins Fahrzeug gelegt und die Tür zugeschmissen haben."

„Was ist mit der Spurensicherung?", wollte der Kriminalhauptkommissar wissen.

„Ist coronabedingt leider unterbesetzt", erhielt er als Antwort. „Da sind gerade etliche Kollegen mit ihren Familien in Quarantäne."

Rüdiger Edelmann grummelte etwas Unverständliches vor sich hin, während Michaela Burghardt zu der Limousine schaute.

„Der Neuschnee und der Rettungsversuch dürften einige Spuren verwischt haben", bemerkte sie. „Das wird es deutlich schwerer machen, etwas Verwertbares zu finden."

Ihr Kollege nickte.

„Die Leiche muss in die Gerichtsmedizin und wir schauen uns den Wagen einmal an, bevor der in die KTU geht", bestimmte Edelmann. „Mal sehen, ob wir nicht doch etwas finden."

***

Rüdiger Edelmann saß auf seinem in die Jahre gekommenen Schreibtischstuhl und blickte nachdenklich durch das im vorgeschriebenen Lüftungsintervall offenstehende Fenster des Büros. Seine Kollegin und er hatten ihre Masken abgenommen und hielten eineinhalb Meter Sicherheitsabstand. Während er nachdachte, surfte sie an ihrem Computer von Website zu Website.

„Dass gleich mein erster Mordfall einem verhassten Politiker gilt, hätte ich nicht erwartet", sagte Michaela Burghardt halb zu sich.

„Wieso verhasst?", wollte ihr Kollege wissen.

„Sag' mal, liest du denn keine Zeitungsapp?", erhielt er als Gegenfrage, während die junge Frau von ihrem Bildschirm aufblickte.

„Ich bevorzugte bis vor zehn Jahren noch bedrucktes Papier, doch dann habe ich damit aufgehört", erklärte Edelmann. „Der sensationsgeilen Presse kann man heute auch nicht mehr trauen. Wenn ich etwas lese, ist es rein dienstlich."

„Vor zehn Jahren habe ich noch überhaupt keine Nachrichten gelesen", bemerkte Burghardt.

„Du bist halt ein Küken", frotzelte der ältere Beamte.

„Und du ein alter Hahn", konterte die Kommissarin.

„Jetzt gackere mal nicht so lange herum, sondern tu dem alten Hahn den Gefallen und lege endlich auch dein Ei", sagte Edelmann.

„Gernot Müller war der Gesundheitsexperte der SPD-Landtagsfraktion", erklärte sie. „Er ist seit Anfang der Pandemie derjenige im Saarland gewesen, der sich für harte Einschnitte stark gemacht hat. Als es die Lockerungen im Sommer gab, kamen von ihm ständig warnende Kommentare. Teilweise galt er als schärfster Kritiker jeder Öffnung und hat sich damit auch in seiner Fraktion nicht nur Freunde gemacht. Bisweilen sollen seine Aussagen sogar zu Spannungen im Regierungsbündnis von CDU und SPD geführt haben. Ich habe hier etwas von Mitte November gefunden, wo er weitere Verschärfungen fordert und dabei von zahlreichen Morddrohungen spricht. Er meinte, die Aluhut-Fraktion würde sich auf ihn einschießen."

„Aluhut-Fraktion?", fragte Rüdiger und sah dabei ehrlich unwissend aus.

„Sag' mal, das machst du jetzt mit Absicht, oder?", erwiderte seine Kollegin.

„Keine Ahnung wer das sein soll", gab Rüdiger zurück.

Die Polizistin seufzte.

„Damit sind die Verschwörungstheoretiker und diese Corona-Leugner gemeint", erklärte sie.

„Aha", kommentierte der Kriminalhauptkommissar knapp.

„Die glauben an eine oder mehrere groß angelegte Verschwörungen, im Zuge der Corona-Pandemie die Weltordnung umzuwerfen", führte Michaela weiter aus. „Da gibt es die Theorie, dass Bill Gates uns allen über die Impfungen Mikrochips einpflanzen will, um so die Menschheit zu kontrollieren. Ebenso beliebt ist der Glaube an eine Verschwörung des Weltwirtschaftsforums in Davos, namens Great Reset, also Großer Neustart. Das ist eigentlich eine Idee zur Neugestaltung des Kapitalismus nach der Pandemie. Investitionen sollen dann in erster Linie umweltfreundlich und auf den Fortschritt aller Staaten ausgerichtet werden. Die Verschwörungstheoretiker erzählen sich, dass hierdurch eine neue Weltordnung geschaffen wird. Sie behaupten, der Corona-Virus wäre von den Finanzeliten dieser Welt absichtlich losgelassen worden, damit

diese im Zuge des Great Reset die Macht übernehmen könnten."

„Also: Totaler Quatsch", kommentierte Rüdiger.

„Aber warum heißen diese Spinner dann Aluhut-
Fraktion?"

„Unter ihnen gibt es einige, die glauben, man
könnte sich mit Aluminium gegen Gedanken-
kontrolle schützen", erzählte Michaela mit brei-
tem Grinsen. „Solche Angriffe von Außerirdi-
schen oder Machteliten lassen sich demnach nur
durch Hüte aus Alu abwehren. Daher haben sie
ihren Spitznamen."

Der Kriminalhauptkommissar schüttelte den
Kopf.

„Was für Probleme sich die Leute selbst backen",
stellte er fest. „Ich verstehe aber richtig, dass du
diesen Spinnern auch Morde zutraust?"

„Es ist eine ziemlich diffuse Gruppe quer durch
alle Gesellschaftsschichten", erklärte die
Kommissarin. „Da gibt es sicherlich Charaktere,
die nicht nur Droh-E-Mails versenden, sondern
auch zur Tat schreiten könnten. Dass es bei den
vielen Querdenkern, wie sie sich selbst auf ihren
Demos nennen, einige Gewaltbereite geben muss,
erscheint mir sehr wahrscheinlich. Bei deren

Kundgebungen kommt es ja regelmäßig zu Aus-
schreitungen."

„Das ist zumindest mal eine Idee", merkte ihr
erfahrenerer Kollege an. „Auch wenn dem nicht
so sein sollte, können wir uns einer Sache schon
sicher sein ..."

„Welcher denn?", frage Burghardt.

„Dass dieser Fall einiges an Medienaufmerksam-
keit nach sich ziehen wird", befand Edelmann.

Kapitel 3 – Der Familienmensch

Am Nachmittag des gleichen Tages steuerte die junge Polizistin den Dienstwagen durch die immer noch mit Weihnachtsdekoration verschönerten Straßen des zugeschneiten Saarbrücken. Die Nachrichten im Radio berichteten bereits vom Mordfall an dem bekannten und umstrittenen SPD-Politiker. Der Hinweis, dass die Polizei aus ermittlungstaktischen Gründen im Moment keine Informationen herausgebe, fehlte nicht. Dafür nutzte der quirlige Moderator des Senders die Möglichkeit, um auf die Morddrohungen in Richtung des Lockdown-Befürworters einzugehen und allerlei Fragen aufzuwerfen. Das konnte weder ihr noch ihrem schweigsamen Kollegen gefallen, denn zum jetzigen Zeitpunkt wussten sie damit kaum mehr als die Öffentlichkeit. Dies würde sich hoffentlich zügig ändern.

„Da vorne rechts, dann sollten wir auch gleich da sein", meinte Rüdiger und unterbrach ihre Gedanken.

Die junge Kommissarin parkte das Dienstfahrzeug vor einem Wohnhaus in der gehobenen Wohngegend von Saarbrücken. Das Anwesen entsprach rund der doppelten Fläche der übrigen Häuser und wäre auch gut mit der Einordnung als Villa gefahren. Die relativ frisch gestrichenen, weißen Außenwände und das mit gläsernen Pyramiden versehene Flachdach des opulenten Bauwerks fügten sich geradezu übergangslos in die Winterlandschaft ein. Im weitläufigen Garten lag jede Menge Schnee. Die Einfahrt zur großen Garage und auch den Fußweg zur Eingangstür hatte jedoch jemand mit nachhaltigem Einsatz von allen Resten der weißen Pracht befreit.

Das aus Gusseisen bestehende, schulterhohe Gittertor in der Grundstücksmauer stand offen. Die beiden Ermittler traten hindurch und gingen die sechs Meter zur Haustür. Während Michaela ihre Mund-Nasen-Bedeckung zurechtrückte, las sie das hellblaue, tellergroße Schild, welches den Namen der Familie verriet: Müller.

Die Kommissarin betätigte die Klingel und ein dumpfer Glockenton drang an ihr Ohr. Es dauerte nicht lange, dann öffnete eine Frau von Anfang dreißig. Ihre sehr dunkelbraunen Haare waren in einem strengen Pagenschnitt frisiert, der allem Anschein nach direkt vor dem Lockdown gestaltet worden sein musste. Die geschlossenen Friseursalons galten zu dieser Zeit als eine der größten Entbehrungen. Die Garderobe der Frau bestand aus einem schwarzen Kleid und erweckte den Eindruck, als ob die Dame direkt auf dem Weg zu einer Beerdigung wäre. Im Kontrast dazu stand die in Regenbogenfarben gehaltene Alltagsmaske, welche sie auch im Haus trug.

„Ja, bitte?", fragte sie und rang dabei sichtlich um ihre Fassung.

„Das ist meine Kollegin Kriminalkommissarin Michaela Burghardt und ich bin Hauptkommissar Rüdiger Edelmann", stellte der Ermittler die Polizisten vor und zeigte der Frau zeitgleich seinen Dienstausweis. „Wir sind von der Mordkommission und untersuchen den Tod von Herrn Gernot Müller. Dürfen wir hereinkommen?"

Einen kurzen Moment stutzte die Frau, dann nickte sie.

„Natürlich", sagte sie und gab den Ermittlern den Weg frei.

„Und Sie sind?", fragte Rüdiger weiter, während er eintrat.

„Karin Müller", antwortete die Frau und schloss hinter Michaela die Haustür. „Ich bin die älteste Tochter."

„Unser Beileid, Frau Müller", erwiderte die Kommissarin.

„Danke. Sie wollen sicher mit meiner Mutter sprechen", stellte die Tochter des ehemaligen Hausherren fest und führte die beiden Polizisten in das geräumige Wohnzimmer.

***

Neben Beatrix Müller, der Ehefrau des Verstorbenen, einer schlanken Mittfünfzigerin mit dunkelblond gefärbten, langen Haaren, trauerten hier noch die jüngere Tochter, Dorothea, und der Sohn, Klaus, der mit seinen fünfundzwanzig Jahren das Nesthäkchen der Familie war. Michaela fiel sogleich auf, dass Klaus Müllers verhärtete Blicke nicht nur von Trauer, sondern auch von Zorn kündeten. Kaum hatten sich die Ermittler vorgestellt, platzte es aus dem in einen dunklen Anzug gekleideten, jungen Mann heraus. „Werden Sie das Schwein festnehmen?!", forderte er mehr, als das er fragte.

„Klaus!", rief sogleich die zierliche Dorothea, die im Vergleich zu ihrer älteren Schwester unscheinbar wirkte.

Die Geschwister und ebenso die Hausherrin trugen Masken, wohl in erster Linie, um die Mutter vor einer Infektion zu schützen. Michaela schätzte diesen Umstand nicht besonders. Es erschwerte ihre Arbeit erheblich, da sie so eventuelle Stimmungen nur an den Augen ihrer Gegenüber abzulesen vermochte.

„Wen meinen Sie damit?", stellte die Ermittlerin die passende Gegenfrage.

„Na, diesen Arthur Ross!", schimpfte der Sohn. „Dieser Verrückte wollte unseren Vater schon seit Monaten tot sehen. Das war allen klar, nur den Behörden mal wieder nicht. Die Bedrohung sei zu unspezifisch für durchgängigen Polizeischutz, hieß es immer. Den gäbe es für Auftritte bei Veranstaltungen. Als ob mein Vater in dieser Zeit irgendwo vor großem Publikum hätte sprechen können!"

Während sich Rüdiger Edelmann im ihm eigenen, ruhigen Ton nach dem Ursprung dieses Verdachts erkundigte, schweiften Michaelas Gedanken ab. Denn Arthur Ross war ihr ein Begriff. Jener professionelle Mixed Martial Arts-Athlet gehörte zu den Sport- und Fitnesstrainern, welche die Pandemie wirtschaftlich besonders hart traf. Es war somit kein Wunder, dass er den aktuellen Kurs der Landesregierung zur Eindämmung der Infektionszahlen ablehnte. Die Ermittlerin hatte noch im Oktober in seinem Saarbrücker Studio trainiert. Zum Jahresende würde ihre Mitgliedschaft auslaufen. Der Grund hierfür hieß jedoch nicht Arthur Ross.

Die Kommissarin fand gerade so rechtzeitig ins Hier und Jetzt zurück, dass sie eine Bitte ihres Kollegen hörte:

„Können Sie uns das mal zeigen?"

Karin Müller, die neben ihrer Mutter auf dem ausladenden Ledersofa saß, nahm ihren Laptop zur Hand und gab etwas ein. Dann drehte sie diesen in Richtung der Ermittler und startete ein Youtube-Video. Die zum Großteil verwackelte Aufnahme zeigte eine Ansammlung von Menschen auf einem zentralen Platz der saarländischen Hauptstadt. Der geschulte Blick der Polizistin erkannte sofort, dass der vorgegebene Sicherheitsabstand eingehalten wurde. Ebenso trugen alle Anwesenden eine Mund-Nasen-Bedeckung. Auf den Plakaten und Transparenten stand zu lesen, warum sie sich zu einer Demonstration versammelt hatten. Die in Worte gefassten Befürchtungen und Vorwürfe bestätigten sich gegen Ende des Jahres 2020 immer mehr.

„Stoppt den Tod der Veranstaltungsbranche!"

„Ohne Sport - nur Mord!"

„Habt ihr eigentlich selbst Kinder, die leiden?!"

Nur ein Mann im Bild trug keine Maske. Er stand auf einer für die Demo errichteten Veranstaltungsbühne und hielt ein Mikrofon sowie einige Zettel in den Händen. Die schwarz-rote, figurbetonende Sportjacke verhüllte einen schlanken, jedoch sehr muskulösen Oberkörper. Er trug seine schwarzen Haare kurz geschoren. Die kantigen Gesichtszüge und die von vielen Treffern geformten Blumenkohlohren machten es Michaela leicht, Arthur Ross wiederzuerkennen. Seine verkniffenen Augen verdeutlichten die Wut, mit der er seine Worte über die Anwesenden hinweg schrie:

„Und hier bei uns ... und hier bei uns gibt es auch solche realitätsfernen Spinner, die uns und unseren Kindern vor lauter Schiss die Luft zum Atmen abdrehen! Den Größten findet man nicht mal auf einem Posten in der Landesregierung. Es ist der angebliche Gesundheitsexperte der Sozis, Gernot Müller!"

Buh- und Pfui-Rufe unterbrachen die Ausführungen von Ross und dieser grinste kalt.

„Gernot Müller, also dieser Sozi-Gesundheitsexperte, will uns die Luft abdrehen?! – Na, der soll mal aufpassen, dass wir ihm nicht seine abdrehen!"

Lauter Jubel und Pfiffe klangen aus den hochwertigen Lautsprechern des Laptops. In dem Wohnzimmer herrschte Stille, auch nachdem die älteste Tochter das Video angehalten hatte.

***

Nach einer halben Stunde hatten die Kriminalpolizisten genug gehört und verließen zunächst schweigend das Anwesen. Als die Türen des Dienstwagens verriegelten, brach die junge Ermittlerin als Erstes die Stille:

„Die Alibis der Familie sind rechts dünn. Klar, man kann im Moment ja auch nicht viel woanders hingehen, aber dass alle daheim gewesen sind und nichts Besonderes gemacht haben wollen, klingt für mich zu einfach."

Rüdiger Edelmann schüttelte den Kopf und wieder einmal verdammte Michaela innerlich die Maske, welche ihr so viel von seinem Mienenspiel vorenthielt.

„Das ist für mich glaubhaft", widersprach der Hauptkommissar. „Mir ist dafür etwas anderes aufgefallen."

„So? Was denn?", wollte seine Kollegin wissen, während sie den Motor startete.

„Alle vier haben Gernot Müller als einen überaus liebevollen und fürsorglichen Familienmenschen beschrieben", erklärte Rüdiger. „Meiner Erfahrung nach gibt es dafür bei einem Mann in seiner Position und im Licht der Öffentlichkeit nur einen Grund."

„Und der wäre?", hakte Michaela ein.

„Er hat eine Affäre", verkündete ihr Kollege.

„Was soll denn das für eine Schlussfolgerung sein?", fragte die Kommissarin, während sie den Dienstwagen auf die Hauptstraße steuerte.

„Es ist recht einfach", begann Edelmann zu erklären. „Nach meiner Wahrnehmung sind die meisten Politiker im Alter des Opfers bereits in zweiter oder dritter Ehe verheiratet. Gernot Müller soll seiner Jugendliebe stets treu gewesen sein? Wohl kaum! Ich würde mich nicht wundern, wenn der ach so sehr beschäftigte Gesundheitsexperte noch eine weitere Familie oder vielleicht auch nur eine Freundin hatte. Bei dieser ist er gestern gewesen. Deshalb war er in Holz. Falls wir sie finden, wissen wir sofort mehr über diesen Saubermann."

„Apropos mehr wissen", meinte Michaela Burghardt. „Sollte die KTU nicht mittlerweile weiter sein? Vielleicht haben wir auch schon etwas aus der Gerichtsmedizin."

„Ich kann ja mal anrufen", erwiderte Edelmann und nahm sein Smartphone ans Ohr.

Sein Telefonat mit dem Mitarbeiter der kriminaltechnischen Untersuchungsstelle (KTU) blieb ausgesprochen kurz. Sollte der Täter irgendwelche Spuren hinterlassen haben, so waren diese durch den Rettungseinsatz zerstört worden. Etwas Verwertbares vorzuweisen hatte die KTU ebenso wenig wie zuvor die Spurensicherung durch Burghardt und Edelmann. Der Anruf bei der Gerichtsmedizin dauerte länger und Rüdiger bedankte sich ausgiebig und mit einigen Scherzen

bei seinem langjährigen Freund, dem verantwortlichen Leiter, Professor Ferdinand Baumann.
Seine Kollegin steuerte den Wagen gerade auf
den Parkplatz der Polizeidirektion, als er auflegte.
„Und?", fragte Michaela sofort, als sie die Zündung ausgestellt hatte, und drehte sich zu Edelmann herum.

„Aufgrund der tödlichen Würgemale geht die
Gerichtsmedizin davon aus, dass das Opfer mit
bloßen Händen getötet wurde", erklärte der
Hauptkommissar. „Der Täter muss wohl seine
Arme wie einen Schraubstock genutzt und auch
den Kopf von Müller fixiert haben. Das tat er so
lange, bis Atmung und Herzschlag aussetzten.
Nach wenigen Sekunden zeigte das Opfer keine
Gegenwehr mehr."

„Ein Rear Naked Choke", stellte Burghardt fest.

„Ein was bitte?", wollte Edelmann wissen.

„Ein Würgegriff im Rücken des Gegners, ohne
die Kleidung zu greifen", erklärte die Kommissarin. „Das ist eine wichtige Technik im BJJ und
MMA."

„Hat nicht das Brazilian Jiu Jitsu die Würgetech-
niken für den Mixed Martial Arts-Sport geliefert?", fragte Rüdiger.

„Sicher", antwortete Michaela. „Und ... Arthur Ross ist ein BJJ-Schwarzgurt und zudem ein professioneller MMA-Kämpfer."

„Ach ja? Woher weißt du das?", wollte ihr Kollege wissen.

„Ich habe vor dem Lockdown in seinem Studio trainiert", erwiderte die Ermittlerin wahrheitsgemäß.

„Dann sollten wir ihm morgen mal einen Besuch abstatten", meinte der Hauptkommissar.

„Das könnten wir auch gleich jetzt tun", schlug die Jüngere vor. „Seine Räume sind nicht weit von hier. Zudem habe ich die Einladung zum heutigen Online-Kurs bekommen. Wir sollten Arthur Ross noch abpassen können, bevor dieser losgeht."

„Das ist der Eifer der Jugend", stellte Rüdiger Edelmann fest und seine Kollegin meinte unter der medizinischen Maske des Hauptkommissars ein feines Lächeln zu erkennen.

Kapitel 4 – Online-Gym

Auf dem Schaufenster des alten Ladengeschäfts war deutlich zu lesen, was den Kunden hier geboten wurde:

„Iron Steeds Gym – Kampfsport, Fitness, Selbstverteidigung".

Des Weiteren wurde für Kurse im Brazilian Jiu Jitsu für alle Altersklassen und Mixed Martial Arts ab zwölf Jahren geworben. Schattenrisse von Kampfpaaren schlugen und traten aufeinander ein. Auch Würfe und Ellbogenschläge waren zu sehen. Rüdiger Edelmann bemerkte einige Ansätze aus seinem eigenen dienstlichen Ju Jutsu-Training. Jenes deutsche, stiloffene Selbstverteidigungssystem, welches in den 1960er-Jahren im Auftrag des Bundesinnenministeriums aus verschiedenen asiatischen Kampfkünsten entwickelt worden war, stellte auch eine der Grundlagen seiner Polizeieinsatzausbildung dar.

„Iron Steeds?", fragte Edelmann in Richtung seiner Kollegin und zog dabei eine Augenbraue hoch.

„Eiserne Rösser", übersetzte Michaela. „Noble steed ist ein edles Ross. Die von Arthur Ross trainierten Kämpfer sind die Iron Steeds."

„Verstehe", sagte Rüdiger und hielt seiner jungen Kollegin die Tür zu dem Kampfsportstudio auf.

***

Die reine Trainingsfläche, welche zum Großteil mit dunkelblauen Matten ausgelegt war, schätzte Rüdiger auf gute 150 Quadratmeter. Eine Getränketheke, die neben Erfrischungen auch Nahrungsergänzungsmittel anbot, fand sich keine drei Meter vom Eingang entfernt und diente sicherlich zur Anmeldung und als Empfang. Die das Gebäude tragenden Pfeiler waren mit leichten Trainingsmatten umwickelt, um den Kampfsportlern allzu harte Zusammenstöße mit echtem Stahl zu ersparen. Vier an Ketten von der weißen Decke herabhängende Boxsäcke und ebensoviele auf Standfüßen stehende Varianten stellten nur einen kleinen Teil der Trainingsmöglichkeiten dar. Eine beachtliche Anzahl von Schlagpolstern unterschiedlicher Form und Größe sowie Fitnessbänder, Medizinbälle und Klimmzugstangen zeigten schon bei einem ersten Blick die umfangreiche Ausstattung dieses Studios. Auch wenn man Gebrauchsspuren zu erkennen vermochte, alles hier wirkte noch recht neu.

Der mittlere Teil des Gyms wurde, zusätzlich zu den Deckenlampen, von einem Standscheinwerfer ausgeleuchtet. Auf einem Stativ wartete ein Camcorder mit kleinem Richtmikrofon darauf, angeschaltet zu werden. Vor der Kamera und im Licht des Scheinwerfers sprachen zwei Männer miteinander. Der Ältere von etwa Mitte dreißig mit den kurzrasierten Haaren schien dem Jüngeren gerade Anweisungen zu geben. Ohne Zweifel handelte es sich um Arthur Ross.

Der Endzwanziger bei ihm überragte den Kampfsportunternehmer um gut einen halben Kopf. Auch sonst wirkte der überaus muskulöse Mann mit dem kurzen Vollbart so, als ob er einige Gewichtsklassen höher kämpfen durfte. Genauso wie der Inhaber des Studios trug er zur eng anliegenden Sporthose ein schwarzes Tanktop mit weißen Rändern. Auf der Brust war das Iron-Steeds-Logo zu erkennen. Ein stilisiertes, aus Stahl zusammengesetztes Pferd stand auf der

Hinterhand und deutete mit den Vorderläufen eine Boxerdeckung an.

Die Ermittler stießen beim Eintreten gegen eine Wand aus Wärme. Während sie ihre Masken trugen, waren die Gesichter der Kampfsportler unbedeckt. Deren Köpfe schnellten sofort herum, als sie die Neuankömmlinge bemerkten. Ganz offensichtlich hatten sie nicht mit Besuch gerechnet.

„Wir haben leider geschlossen!", rief Ross und hob dabei die Hand. „Dem vollkommen unsinnigen Lockdown sei Dank. Anmeldungen zum Online-Training gibt es unter Iron-Steeds-Online.de."

„Wir sind nicht wegen Ihres Trainings hier, Herr Ross", erwiderte Rüdiger.

„So, weshalb denn dann?", fragte der Mann.

Der muskelbepackte Hüne neben ihm blinzelte angestrengt in Richtung der Ermittler.

„Michaela?!", platzte sein dumpfer Bass mit leichtem französischen Akzent aus ihm heraus. „Ich hätte dich unter der Maske fast nicht erkannt."

„Hallo, Arthur, hallo, Jerome", grüßte die Kommissarin knapp. „Ich bin nicht privat hier.

Das ist mein Kollege, Kriminalhauptkommissar Edelmann. Wir sind von der Mordkommission und ermitteln im Fall des Landtagsabgeordneten Gernot Müller."

„Ich konnte es kaum glauben, dass der Mistkerl um die Ecke gebracht wurde", verkündete Ross. „Um diesen Dichtmacher ist es nicht schade. Aber warum kommst du deshalb hierher?"

Dieses Mal vermochte Michaela das Mienenspiel auf den Gesichtern zu sehen und sie freute sich darüber. Die Antwort ihres Kollegen traf die beiden Kampfsportler wie ein harter Roundhousekick in die Rippen. Sie zuckten zusammen, als er sagte:

„Wir überprüfen gerade alle Tatverdächtigen, Herr Ross, und Sie gehören dazu."

***

„Das ist Jerome Bernard", stellte Michaela noch den Assistenten des Studiobetreibers vor. Mit ihm hatte die junge Frau nicht gerechnet. Als sie sich im Sommer dieses Jahres nach mehr als fünf Jahren von ihrer Jugendliebe getrennte hatte, fand sie einige Monate lang Geborgenheit in den überaus starken Armen des Kampfsport- und Fitness-trainers. Der in Frankreich aufgewachsene Sohn einer Saarländerin und eines Franzosen entsprach genau dem Bild eines attraktiven Mannes, wie ihn die Modeillustrierten vermittelten. Dennoch bereute sie jetzt die Entscheidung, eine Bezie-hung mit ihm eingegangen zu sein. Seine Anwesenheit gestaltete die folgenden Fragen für sie deutlich schwerer. Er hatte sie Ende Oktober nämlich gerne auch weiterhin an seiner Seite haben wollen. Die Entscheidung zur Trennung kam damals von ihr.

„Wir müssen Ihnen einige Fragen stellen, Herr Ross", erklärte Rüdiger Edelmann. „Reine Rou-tinesache."

„Wir haben hier gleich unser Online-Training", maulte der Studiobesitzer. „Ich habe nun wirklich keine Zeit."

„Es dauert sicherlich nicht lange und Ihr Assistent kann ja mit dem Aufwärmen anfangen", argumentierte der Hauptkommissar und ließ gleichzeitig durch seine Stimmlage erkennen, dass er dies nicht als Vorschlag verstanden wissen wollte.

„Wenn es Zeit ist, dann fang schon einmal an", meinte Ross zu seinem Mitarbeiter und ging von der Matte herunter.

„Kanntest du Gernot Müller?", fragte die Kommissarin ohne Umschweife.

„Nur aus den Medien", antwortete ihr Arthur Ross zähneknirschend.

„Wo waren Sie gestern zwischen 21 Uhr und heute Morgen?", wollte nun Edelmann wissen.

„Während der Sperrstunde?"

„Genau", bestätigte der Ermittler.

„Ich habe hier bis kurz nach 21 Uhr noch Online-Training gegeben und bin dann nach Hause gefahren."

„Das war bereits zum Zeitpunkt der Ausgangs-sperre?", stellte die Ermittlerin fest, auch wenn sie es wie eine Frage klingen ließ.

„Ja. Ich bin ja beruflich unterwegs, das ist glück-licherweise noch erlaubt. Viel kann man ja im Moment eh nicht tun. Ich habe mir ein paar Videos angesehen und bin so um 23.30 Uhr ins Bett gegangen."

„Sie leben allein?", hakte Edelmann nach.

„Zusammen mit meinem Hund."

„Hast du Zeugen, die das bestätigen können?", fragte Michaela weiter.

„Vielleicht. Die alten Herrschaften bei mir im Haus bekommen gefühlt alles mit. Aber mal ehrlich: Du glaubst doch nicht im ernst, dass ich diese Platzpatrone von einem Politiker umgebracht habe, oder?"

„Wir glauben im Dienst gar nichts, Herr Ross", intervenierte Rüdiger. „Wir erledigen nur unsere Arbeit."

„Wieso verhören Sie dann mich?! Ich konnte den Typen nicht leiden, zugegeben. Doch mir zu unterstellen, dass ich ihn erledigt habe? Das ist nun wirklich sehr weit hergeholt."

„Das Opfer wurde mit einer Kampftechnik ermordet, wie ich sie von dir hier gelernt habe", warf nun Michaela ein. „Verbunden mit deiner deutlichen Kritik in seine Richtung sind wir verpflichtet, dich zu befragen."

„Was für eine Technik soll das denn gewesen sein?"

„Ein Rear Naked Choke", antwortete Burghardt. „Das ist doch eine deiner Spezialitäten, Arthur, oder etwa nicht?"

„Also den kennen im Saarland Tausende von Kampfsportlern, die nicht gerade gut auf Müller zu sprechen waren", sagte Ross nun tatsächlich erkennbar nervös. „Da werden Sie sicherlich einige zu befragen haben. Besser Sie gehen jetzt gleich."

„Wir haben aber vielleicht noch genug Zeit, um zu erfahren, welche Videos Sie sich angesehen haben", konterte Edelmann. „Das waren doch sicher Filme eines Streamingdienstes, oder?"

„Ja", presste Ross zwischen den Zähnen hervor.

„Na, dann fangen Sie mal an zu erzählen", sagte der Polizist. „Und nach Ihnen möchten wir gerne noch Ihren Assistenten sprechen."

***

Die Befragungen behagten Michaela in keiner Weise. Mit den Iron Steeds, Arthur und Jerome, hatte sie innerlich längst abgeschlossen. Nun dienstlich zurückzukommen und Mordermittlungen in ihrer ehemaligen Trainingsstätte durchzuführen, das passte ihr überhaupt nicht. Wenigstens bestätigte sich wieder, dass die Trennung von dem Deutschfranzosen die richtige Entscheidung gewesen war. Jeromes Attraktivität ließ sich nicht leugnen, jedoch fehlte es ihm dafür an Intelligenz. Jenen Umstand offenbarte seine Aussage. Immerhin vermochte er seine im selben Haus lebenden Eltern als Zeugen für sein Alibi zu benennen.

Die Ermittler hatten das Kampfsport-Gym kaum hinter sich gelassen, da begann Rüdiger direkt seine Einschätzung mit ihr zu teilen:

„Der Tathergang würde zu den beiden passen. Leiden konnten sie das Opfer auf alle Fälle nicht. Die Alibis sind zudem sehr dünn."

„Ja, nur wirklich zutrauen tue ich es ihnen nicht", erwiderte Michaela. „Sie sind sauer auf die ganzen Einschränkungen, mit denen wir leben müssen. Ohne jeden Zweifel kommt da Zorn auf jene auf, die sie vorantreiben. Man fühlt sich gegängelt und wie ein kleines Kind behandelt. Einen Menschen deshalb zu überfallen und zu erwürgen, das ist aber immer noch etwas vollkommen anderes."

„Dein Wort in Gottes Ohr", meinte der Ermittler.

Michaela Burghardt nickte nachdenklich. Gleich ihr erster Mordfall fühlte sich in vielerlei Hinsicht wie eine der Kriminalstorys an, die Fernsehdeutschland allabendlich präsentiert wurden. Ein prominentes Opfer, ein außergewöhnlicher Tathergang und keinerlei Spuren am Tatort und an der Leiche. Die junge Kommissarin vermochte ihre Gefühle hierzu nicht in Worte zu fassen. Auf der einen Seite erschien ihr diese Herausforderung wirklich aufregend. Die andere Seite der Medaille barg jedoch die Gefahr, gleich den ersten Mordfall nicht aufklären zu können. Ihr Ehrgeiz nagte innerlich an ihr, während das Iron-Steeds-Gym aus dem Rückspiegel verschwand.

Kapitel 5 – Genickbruch

Der Schneefall setzte in jenem Moment aus, als der silberne BMW in die Einfahrt des Zweifamilienhauses bog. Obwohl es bereits weit nach 21 Uhr war, hatte der Insasse keine Furcht davor, von der Polizei auf die Verletzung der Ausgangssperre angesprochen zu werden. Auch heute konnte er angeben, beruflich unterwegs gewesen zu sein. Sein Beruf zählte seiner Meinung nach zu den Wichtigsten in dieser besonderen Zeit der Pandemie. Obwohl er nicht selbst die Entscheidungen zu treffen hatte und auch kein wissenschaftlicher Experte war, bildete er die ausschlaggebende Brücke für beide. Dank ihm wurden bloße Empfehlungen in möglichst strenge Verordnungen gewandelt und schützten das Saarland und seine Bürger. Bei seinem Wählerklientel, welches aufgrund höheren Alters besonders gefährdet war, an COVID-19 zu versterben, kam das überaus gut an. Etwas anderes interessierte den Fahrer auch nicht.

Lediglich das Gefühl der indirekten Macht bildete den Leitstern für sein Tun. Seine Worte hatten in der Runde der Mächtigsten des Saarlandes heute wieder Gewicht gehabt. Die aktuellen Entscheidungen zeigten erneut seine Handschrift. Sobald der Posten des Innenministers von seiner Partei neu zu vergeben sein würde, wäre er bereit, diesen vollumfänglich auszufüllen. Das sollte die Krönung einer Karriere werden, die er sich mit seinem mäßigen Schulabschluss und der abgebrochenen Ausbildung so niemals erträumen konnte.

Seine freudigen Überlegungen fanden ein jähes Ende, als er gezwungen wurde, sein Fahrzeug abrupt zum Stehen zu bringen. Im Kegel des Scheinwerferlichts standen zwei Mülltonnen direkt hinter dem Bürgersteig auf dem Weg zu seiner sich bereits elektronisch öffnenden Garage. Der Mann von Anfang sechzig mit der grauen Halbglatze hatte nicht geplant, in seinem braunen Anzug und den schwarzen Lederschuhen in den Schnee zu treten und die von den Müllmännern achtlos abgestellten Tonnen aus dem Weg zu räumen. Seine bessere Hälfte hatte dies wohl übersehen. Sie hatte ja noch andere Aufgaben. Dennoch ärgerte ihn die Vorstellung, nun aussteigen zu müssen und den Weg freizuräumen. Um die beiden Mülltonnen herumzufahren, vermochte er nämlich definitiv nicht.

Zu allem Überfluss sah er nun noch zwei helle Scheinwerfer in seinem Rückspiegel. Sie und das kurze Hupen eines Zeitgenossen, der offensichtlich auch schnell in die Sicherheit der eigenen vier Wände gelangen wollte, rissen ihn aus seinen Überlegungen.

Mit einem unwillentlichen Grunzen gab er die Straße frei, indem er den BMW in Fahrtrichtung links an den Bordstein stellte. Noch während das andere Auto vorbeifuhr, stieg er aus, streckte etwas den leicht übergewichtigen, gebeugten Oberkörper und stapfte in Richtung der beiden Mülltonnen. Als er sie berührte, bemerkte er, dass diese keinesfalls leer waren. Zudem hörte er Schritte, die sich ihm schnell von hinten näherten.

***

Die Falle schnappte zu. So wie geplant. Der Wegbereiter stand bereits bei den Tonnen. Nun galt es erneut schnell zu handeln. Die Schritte auf dem matschigen Schnee würden sicher bemerkt werden. Noch bevor sich das Ziel gänzlich umgedreht hatte, war er heran. Die linke Hand packte den Mann an der rechten Schulter. Ein Handballenstoß traf gleichzeitig sein Ohr, sodass ihm in der Stille der Nacht ein dumpfer Schrei entwich. Ein schneller Schritt mit dem rechten Bein brachte den Angreifer genau vor sein Opfer. Mit beiden Händen riss er diesem nun fast mühelos den Kopf nach unten. Sein senkrecht hinabfallender Ellbogenschlag krachte gegen das Genick des Mannes. Die Linke hielt das Ziel dabei in Position. Drei Mal vollführte er die Technik, dann sackte das Opfer in sich zusammen.

Mit beiden Händen verhinderte er, dass sein Ziel in den Schneematsch fiel. Die wenigen Schritte über die schmale Straße der Wohngegend zog er den leblosen Körper zum offenstehenden BMW. Nachdem er den Besitzer auf dem Fahrersitz platziert hatte, schloss er mit der Fernbedienung die geöffnete Garage, schaltete die Zündung des Wagens aus und nahm den Schlüssel an sich. Zufrieden aktivierte er nach dem Schließen der Fahrertür die Verriegelung.

Nun stellte er die beiden Mülltonnen zurück auf ihren Platz am Rande des Nachbargrundstücks.

Ohne einer Menschenseele zu begegnen, setzte er sich in sein Auto und fuhr in die Nacht davon.

Kapitel 6 – Das zweite Opfer

„Hans-Peter Schulmann, 61 Jahre, wohnhaft hier in der Doppelhaushälfte", erklärte der Streifenpolizist den beiden Ermittlern und deutete dabei zu dem Gebäude hinüber. „Das Opfer war Landtagsabgeordneter der CDU. Nach Aussage der Ehefrau soll er gestern noch als Berater auf einer Sitzung mit der Regierungskoalition gewesen sein. Solche Sitzungen dauern ihrer Erfahrung nach gerne mal bis spät in die Nacht. Sie selbst ist um circa 22 Uhr zu Bett gegangen und war überrascht, ihn am Morgen nicht anzutreffen. Als sie um sechs Uhr die Zeitung hereinholen wollte, bemerkte sie sein Fahrzeug auf der gegenüberliegenden Straßenseite und sah ihren Mann bewegungslos darin. Mit dem Zweitschlüssel des Wagens öffnete sie die Tür und zog die Leiche auf den Bürgersteig. Passanten, die hinzukamen, verständigten die Rettungskräfte. Als Todesursache wurde ein Genickbruch festgestellt."

Rüdiger Edelmann rümpfte unter seiner Maske die Nase.

„Das hat eine verblüffende Ähnlichkeit zu dem Mord an Gernot Müller", stellte er fest. „War die Spurensicherung schon da?"

„Nein, es gibt einen Personalengstand", antwortete der Streifenpolizist. „Den Fahrzeugschlüssel des Opfers haben wir übrigens bisher nicht gefunden."

„Dann müssen wir wohl wieder selbst ran", bemerkte Michaela Burghardt. „Hoffentlich finden wir dieses Mal etwas."

Rüdiger nickte zustimmend:

„Na ja. Schuhabdrücke des Täters können wir wohl vergessen bei den ganzen Leuten hier."

***

Nach rund einer Stunde gaben Rüdiger und Michaela auf. Weder fanden sich eindeutige Schuhabdrücke des Täters, noch Hinweise im Wageninneren. Sie schickten den Wagen zur kriminaltechnischen Untersuchungsstelle.

„Sehr ärgerlich", kommentierte Edelmann.

„Das kannst du laut sagen", erwiderte seine Kollegin. „Dass ein Täter aber so rein gar nichts am Tatort hinterlässt, ist doch total ungewöhnlich.

Ich hoffe, dass man in der KTU noch irgendetwas findet. Ein Haar oder so."

„Ich denke nicht, dass das Opfer im Fahrzeug erschlagen wurde", verkündete Edelmann. „Ich glaube eher, dass der Täter ihm eine Falle gestellt hat und es anschließend wieder ins Auto brachte."

„Er müsste Schulmann den Weg versperrt haben, damit dieser gezwungen war auszusteigen", stellte Michaela fest.

„Das würde jedoch nicht erklären, warum der Wagen auf der anderen Straßenseite steht", meinte ihr Kollege.

„Vielleicht wollte das Opfer ihn dort abstellen, bis das Hindernis aus dem Weg wäre", kombinierte die Kommissarin. „Ein weiteres Fahrzeug könnte vorbeigewollt haben."

„Entweder ist das ein potenzieller Zeuge oder der Täter", sagte Edelmann. „Das ist eine ruhige Straße und auch ohne Ausgangssperre sind hier sicher nicht gerade viele Menschen nach 21 Uhr unterwegs."

„Das dürfte es unwahrscheinlich machen, dass wir einen Zeugen für die Tat finden oder auch nur einen Hinweis auf das andere Fahrzeug bekommen", mutmaßte die Polizistin. „Den Tatort hat wohl jemand sehr bewusst gewählt. Jemand der wusste, wo dieser Politiker wohnt."

Ihr Kollege nickte.

„Wir sollten jetzt mit der Ehefrau sprechen", schlug er vor. Er schmunzelte „Vielleicht hat sie auch wieder einen Verdächtigen zu präsentieren."

***

Monika Schulmann schien deutlich jünger als ihr verstorbener Ehemann zu sein. Michaela schätzte sie auf Anfang vierzig. Eine dunkelhaarige Freundin, in deren Garderobe die zierliche Blondine zweimal hineingepasst hätte, wartete in der Küche darauf, dass die Ermittler ihre Befragung im geräumigen Wohnzimmer abschlossen.

Für die Kommissarin unverkennbar zeigten sich die seelischen Qualen, unter denen die Witwe litt. Der Tod ihres Mannes ging ihr ohne jeden Zweifel sehr nahe. Sie zitterte und ihre feuchten Augen spiegelten jene Pein wieder, welche der Verlust für sie bedeutete.

Die Ermittler versicherten sich zunächst, dass die bereits gegenüber der Polizeistreife gemachten Aussagen von Monika Schulmann auch weiterhin von ihr so vertreten wurden. Unstimmigkeiten vermochten sie keine zu erkennen. Dann begann der zweite Teil der Routine in einem Mordfall.

„Hatte Ihr Mann irgendwelche Feinde?", fragte Michaela Burghardt und versuchte dabei gleichzeitig, eine Reaktion in den feuchten Augen zu lesen.

„Nein", antwortete die trauernde Witwe. „Er wurde jedoch in den vergangenen Wochen oft wegen seiner strikten Forderung zum harten Lockdown kritisiert. Die Kritik war dabei zum Teil recht unverschämt und sehr aggressiv."

„Gab es Morddrohungen gehen Ihren Mann?", fragte nun der Kriminalhauptkommissar.

„Nein. Davon hätte er mir sicher erzählt."

Frau Schulmann griff nach einem Taschentuch und wischte sich über die feuchten Augen. Danach atmete sie einmal tief durch und wirkte sogleich deutlich gefasster.

„Wissen Sie, mein Mann und ich haben uns wirklich geliebt", begann sie zu erzählen. „Das glauben mir manche Leute nicht, weil er doch so viel älter als ich war."

Erneut musste Frau Schulmann innehalten, um die Fassung zu wahren.

„Ich bin seine zweite Ehefrau", erklärte sie. „Als seine erste Ehe vor zehn Jahren in die Brüche ging, bin ich noch seine Sekretärin gewesen und wir fanden zueinander. Er war ein wirklich guter Mensch, dem das Allgemeinwohl sehr am Herzen lag. Ich kann nicht verstehen, dass ... dass jemand ihm das angetan hat."

Erneut wurde der zierliche Körper geschüttelt und Tränen flossen über die Wangen. Die Ermittler gönnten der Witwe eine Pause.

***

Auch die weitere Befragung brachte zunächst keine konkreten Anhaltspunkte. Hans-Peter Schulmann mochte nicht im gleichen Maße im Licht der Öffentlichkeit gestanden haben wie Gernot Müller, doch für seine Haltung zu den Corona-Maßnahmen schien auch der CDU-Politiker bekannt gewesen zu sein. Für die Ermittler bemerkenswert war noch die Information, dass Schulmann und Müller sich nicht nur durch ihre politische Arbeit gekannt hatten, sondern zudem außerhalb dieser Bühne Freunde gewesen waren. Die Freundschaft rührte von einer gemeinsamen

Bundeswehrzeit her, wie die Witwe Schulmann erzählen konnte.

***

Zurück auf dem Revier begannen die Ermittler die Fakten zu sortieren und wieder war es Michaela Burghardt, welche im Internet eine spannende Entdeckung machte.

„Schau dir das mal bitte an", sagte die Kriminalkommissarin und drehte ihren Bildschirm so, dass ihr Kollege von seinem Platz am Fenster einen guten Blick darauf bekam.

Rüdiger Edelmann sah die Mediathek der ARD, aus der eine Talkshow des Saarländischen Rundfunks eingeblendet wurde. Das Format „Saar Talk" war dem Ermittler nur allzugut bekannt. Da es wesentlich freundlicher und regionaler wirkte als die vergleichbaren Angebote des öffentlich-rechtlichen Fernsehens, die eine deutschlandweite Beachtung fanden, gönnte er sich diese Sendung tatsächlich hin und wieder. Bemerkenswert war hierbei auch, dass nicht nur Mitarbeiter des Senders den Talk begleiteten, sondern der Chefredakteur der Saarbrücker Zeitung ebenfalls mit von der Partie war.

Die Kriminalkommissarin startete die Aufzeichnung der Sendung, welche den Titel „Das Land im Lockdown – Was mit den Unternehmen passiert" trug. Die Gäste saßen weit auseinander und gerade sprach Hans-Peter Schulmann, wie die Namenseinblendung verriet. Die sogenannte Bauchbinde zeigte zudem den Hinweis, dass er der CDU Innenexperte des saarländischen Landtags sei.

„Deshalb ist dieser Lockdown absolut unvermeidlich", fuhr er in seinen Ausführungen fort. „Wir sollten auch der Tatsache ins Auge sehen, dass wir diesen Zustand noch mehrere Monate aufrecht erhalten müssen, um mit möglichst wenigen toten Saarländerinnen und Saarländern durch die Pandemie zu kommen. – Das ist alternativlos. Hier geht es um Leben und Tod, da ist es geboten, dass alle Teile der Gesellschaft ihren Beitrag leisten."

Deutlich vernahm man, dass ein Studiogast sich über diese These echauffierte. Ganz entgegen der sonst beim Saar Talk üblichen, ruhigen Atmosphäre, sprang dieser Mann von seinem Sitzplatz

auf und startete ohne Umschweife seine Verbal-
attacke.

„Ich glaube, Sie verkennen mal wieder die Reali-
täten!", rief der Studiogast, der mit dem leicht
ergrauten Pferdeschwanz, dem schwarzen, spit-
zen Vollbart und der stämmigen, jedoch nicht
sehr großen Statur so gänzlich aus dem Rahmen
der übrigen Gäste fiel.

Der Talkshow-Teilnehmer trug nicht wie sonst
üblich einen Anzug, sondern eine rote Seiden-
bluse im asiatischen Schnitt. Goldene Stickereien
zeigten umherfliegende, chinesische Drachen.

„Hier sterben ganze Wirtschaftszweige weg, weil
diese für die Landeskassen nicht so wichtig sind,
nur damit Sie Ihre sinnlose Symbolpolitik durchziehen können!", brüllte er fast durch das Studio.
„Sie wollen Bill Gates darin unterstützen, sein
großes Mikrochip-Experiment durchzuziehen!
Das soll uns für die Zukunft gefügig werden
lassen!"

Der eher verhaltene Ordnungsruf der SR-Modera-
torin blieb ohne Wirkung auf den Mann, dessen
Namenseinblendung ihn als Mario Longini,
Sportstudiobetreiber, auswies. Sein Ausfall hielt
an und gewann noch an Lautstärke.

„Dieser Angriff auf unsere Freiheit ist dazu geeignet, uns allen das Genick zu brechen!", schimpfte Longini. „Im Leben bekommt man das zurück, was man selbst gibt, sage ich da nur. Der politischen Elite in diesem Land wird das noch leidtun. Merken Sie sich meine Worte. Wir wissen, was hier passiert und was Sie und Ihresgleichen beabsichtigen. Sie machen uns panische Angst vor einem Schnupfen, damit Sie uns leichter manipulieren können. Die Menschen lassen sich nicht ewig täuschen. Der Widerstand wird wachsen und dann brechen wir denen das Genick, die uns eingesperrt haben!"

Hier hielt Michaela Burghardt die Aufnahme an.

„Diese Genickbruch-Metapher ging, nachdem die Talkshow vor nicht ganz zwei Wochen ausgestrahlt wurde, einmal durch die sozialen Netzwerke im Land", stellte die Kommissarin fest. „So habe ich das auch gefunden. Spannend ist, dass wir es bei dem Zitatgeber wieder mit einem Kritiker der Corona-Maßnahmen zu tun haben. Er ist wohl einer der lautesten Corona-Leugner im Saarland und er ist ebenfalls ein ausgewiesener Nahkampf-Experte."

„Im Fernsehen hieß es doch, er wäre ein Sportstudiobetreiber", warf Edelmann ein.

„Er betreibt die Longini Kampfkunstakademie für Selbstbehauptung und Selbstverteidigung", erklärte Michaela.

Ihr Kollege stutzte kurz. Dann kam die Frage, welche die junge Kriminalkommissarin bereits erwartet hatte:

„Da hast du doch nicht auch trainiert, oder?"

„Fünf Monate nur", bemerkte sie. „Mario Longini ist mein Wing Chun Sifu."

Kapitel 7 – Der Kung Fu-Meister

„Dein was?!", fragte Edelmann und blickte ehrlich irritiert.

„Mein Sifu", erklärte Michaela. „Das bedeutet übersetzt Lehrvater, meint aber den Lehrmeister. Ich habe so mit 16 Jahren mal Wing Chun ausprobiert. Das ist ein chinesischer Kung Fu-Stil, der von einer Frau entwickelt worden sein soll."

„Wing Chun kenne ich", entgegnete ihr Kollege. „Das habe ich mal bei der GSG 9 gesehen."

„Ja, in die Ausbildung vieler Spezialeinheiten ist zumindest etwas Wing Chun eingeflossen", sagte die Kriminalkommissarin. „So haben wir das jedoch nicht gelernt. Bei uns ging es sehr traditionell zu. Mit Einzelübungen ohne Trainingspartner, sogenannten Formen. Wir sollten uns entspannen, tief atmen und auf unsere Lebenskraft, das Chi, hören. Für mich war das einfach nix. Ich habe bald wieder aufgehört und mein Vater schimpfte dann, weil er die hohe Schulgebühr noch etliche Monate weiterbezahlen durfte."

„Das klingt ja nicht gerade beeindruckend", stellte Edelmann fest. „Jemand, der so unterrichtet, kann vermutlich selbst nicht besonders gut kämpfen."

Michaela Burghardt schüttelte den Kopf.

„Zugegeben, das, was ich dort lernen durfte, war sehr esoterisch und hatte auf den ersten Blick nichts mit Kämpfen zu tun", erzählte sie weiter. „Mario war jedoch vor sieben Jahren schnell wie eine Katze und hatte auch auf kurze Distanz einen Mörderschlag am Leib. Ich habe mal gesehen, wie er mit einem Twelve-to-Six-Ellbogen eine Kokosnuss zerstört hat. Ein Video von so einer Vorführung ist, glaube ich, sogar auf dem Youtube-Kanal seiner Schule zu finden."

Ehe Rüdiger Edelmann zu fragen vermochte, was denn ein Twelve-to-Six-Ellbogen sei, hatte seine jüngere Kollegin bereits ein Werbevideo der Kampfkunstakademie Longini auf den Bildschirm ihres Computers gezaubert. Zu sehen war zunächst das Logo der Schule. Es zeigte eine vertikal stehende Faust in einem Doppelkreis, auf dem umlaufend der volle Name der Kampfkunstschule zu lesen war. Direkt links und rechts neben der Faust waren chinesische Schriftzeichen zu sehen, welche nach Annahme des Kriminalhauptkommissars wohl die Bezeichnung des unterrichteten Stils darstellten.

Nachdem sie einige Demonstrationen von schnellen Schlagkombinationen in der nahen Distanz gesehen hatten und in kurzen Clips auch deren Umsetzung in Notwehrsituationen auf der Straße und in Alltagskleidung gezeigt wurden, kam die entscheidende Szene. Mit einem von oben nach unten geführten Ellbogenschlag zerstörte Longini eine auf einem Findling abgelegte Kokosnuss, sodass deren Einzelteile nur so durch die Gegend flogen. Während die Spitze seines Ellbogens dabei hinab stieß, hatte er sein nach oben zeigendes Handgelenk von sich weggeklappt.

Die Szene war zu Ende und der Abspann des Werbevideos begann, als Edelmanns Diensttelefon klingelte. Das Gespräch blieb recht kurz und mit zusammengekniffenem Mund wandte er sich danach seiner Kollegin zu.

„Die Gerichtsmedizin hat etwas für uns", sagte er.

„Und?!", wollte Michaela sofort wissen.

„Sie sind sich ganz sicher, dass Schulmann ohne Hilfsmittel erschlagen wurde", fuhrt der Kriminalhauptkommissar fort. „Man hält mehrere

Angriffe mit dem Ellbogen für die wahrschein-lichste Ursache für den Genickbruch."

Als beide Kollegen sich ansahen, kamen sie nicht umhin im gleichen Moment wissend zu nicken.

***

Anders als in jenen Tagen üblich, hielten viele keinen Abstand zu den übrigen Teilnehmern der Demonstration ein. Wenn sie überhaupt eine Mund-Nasen-Bedeckung trugen, dann hing ihnen diese nur über den Mund oder am Kinn.

Annähernd tausend Menschen waren zusammengekommen, um hier ihr Demonst-rationsrecht auszuüben. Für einen kalten Dezem-bernachmittag zwischen den Jahren bedeutete dies in Saarbrücken schon eine beeindruckende Ansammlung. Die Polizei forderte gerade erneut alle Anwesenden dazu auf, sich an die Abstands- und Hygieneregeln zu halten, als Michaela Burg-hardt den Wagen in der Nähe einiger Einsatzfahr-zeuge abstellte. Ihr Kollege zeigte seinen Aus-weis und erklärte den von auswärts kommenden Bereitschaftspolizisten, dass sie hier in einer Mordermittlung tätig seien.

Der Blick der Kommissarin schweifte über das Meer an Schildern. Bisweilen gestalteten sich deren Motive wirklich geeignet, die Aufmerksamkeit der jungen Frau zu fesseln. Sie sah zum Beispiel Strichmännchen, die in scheinbar wilder Panik vor einem stilisierten Virus wegliefen und dann in den Abgrund stürzten. Ebenso bemerkenswert erschien ihr ein Bild, das einen Menschenkörper mit Viruskopf und bösem Grinsen darstellen sollte. Dieses Geschöpf warf bündelweise Geldscheine in eine Toilette. Geradezu schlicht wirkte dabei ein Porträt des Microsoft-Gründers Bill Gates, welches einfach mit zwei sich kreuzenden, großen, roten Strichen übermalt war.

Die hochgehaltenen Texte zeigten eine deutliche Ablehnung gegenüber jeglicher Einschränkung der Freiheitsrechte zum Schutz vor einer Verbreitung des neuartigen Corona-Virus. „Gib Gates keine Chance!" konnte man in an die Anti-AIDS-Kampagnen angelehnter Gestaltung lesen. „Macht doch alles dicht und nie wieder auf, dann nimmt das Schicksal des Volkes seinen linken Lauf!", las die Polizistin und gewann den berechtigten Eindruck, dass hier versucht wurde, die unterschiedlichen Ansichten zum Umgang mit der Pandemie in bestimmten Lagern zu verorten. Beim Schild mit der Aufschrift „Widerstand! Jetzt!" fragte sich Michaela Burghardt, ob es nicht eine gute Idee wäre, einen Fachhandel für Demonstrationsbedarf zu eröffnen und dort Plakate und Ähnliches mit universellen Protestbotschaften zu verkaufen. Vielleicht hatte sie soeben eine Marktlücke entdeckt. Ihr erschien es jedoch sogleich als wahrscheinlicher, dass es so einen Handel bereits gab.

Über den allgemeinen Geräuschen der Demonstration klang eine durch Lautsprecherkraft verstärkte Stimme. An diese konnte sich die junge Kommissarin noch gut erinnern. Sie hatte jenen Bariton zwar seit etlichen Jahren nicht mehr unmittelbar vernommen, jedoch erinnerte sie sich an die mitklingende Autorität. Für sie war es unverkennbar, dass ihr ehemaliger Kung Fu-Meister, Mario Longini, hier sprach. Dieser stand auf der Ladefläche eines reich mit Protestplakaten geschmückten Lieferwagens an einem Mikrofon. Unter einer schwarzen Wintermütze schaute der ergraute Pferdeschwanz heraus. Die sonnengelbe Winterjacke schmückte das Symbol seiner

Kampfkunstakademie. Der Gesichtsausdruck ihres einstigen Lehrmeisters verstörte Michaela. Sie erinnerte sich an ein charmantes Lächeln und viele Witze und Späße, die damals das Wing Chun-Training bereichert hatten. Davon zeugte nichts mehr im Antlitz des Sprechers. Seine Stirn lag in Zornesfalten und die Augen machten Anstalten, die Nase in die Mangel zu nehmen. Purer Hass schien aus seinem Blick zu entspringen und die Worte aus dem Mund darunter spie er auch mehr heraus, als dass er sie aussprach:

„... denn am meisten leiden die Kinder! Das sind jene jungen Menschen, die weder etwas für die Politik können, noch in der Lage sind sie zu ändern!"

Laute Zustimmungsrufe erklangen von den Demonstrationsteilnehmern, während der Sprecher einen kurzen Blick in ein auffällig knappes Redemanuskript warf.

„Man muss das hin und wieder dazusagen, denn den Bezug zu unseren Jüngsten haben die Herrschaften in der Staatskanzlei schon längst verloren und gucken lieber wie artige Hündchen nach Berlin."

Erneute deutliche Unterstützungsrufe erreichten den Wortführer, während sich die beiden Ermittler näher an den Veranstaltungswagen heranarbeiteten.

„Diese Treudoofen wollen uns immer noch weißmachen, dass ein Virus an der ganzen Misere schuld ist. Was für ein himmelschreiender Unsinn. Es wird vielleicht sogar manche von Euch erschrecken, aber Viren sind eine Erfindung der Wissenschaft, um die Ursachen exotischer Seuchen leichter erklären zu können und auch um verschiedene Krankheitserreger auf einen Nenner zu bringen. Unseren Kindern wegen einer erfundenen Krankheit derartig das Leben zu versauen, das ist so unglaublich, dass ich es nicht mehr in Worte fassen kann. Wenn ihr das für eine allzu steile These haltet, dann zückt mal die Smartphones und sucht nach „Viren gibt es nicht". Ich verspreche Euch spannende Entdeckungen."

Passend zu einsetzendem Applaus waren Michaela Burghardt und Rüdiger Edelmann am Veranstaltungswagen angekommen.

„Und wegen so eines Unsinns beraubt man die Kinder aller Freuden. Ich habe in meinem Beruf tagtäglich mit Kindern zu tun. – Oder sollte ich besser sagen, ich hatte tagtäglich mit ihnen zu tun. Seit fast zwei Monaten darf ich, meines Zeichens Lehrer für Selbstbehauptung, Selbstverteidigung und Kampfkunst, nämlich die Kinder nur noch auf dem Bildschirm begrüßen. Jeglicher sozialer Kontakt geht dabei flöten und der ist gerade für die Kinder ganz, ganz besonders wichtig."

„Recht so!", rief ein Teilnehmer der Kundgebung über die anderen Zustimmungslaute hinweg.

Der Redner fuhr fort: „Mich kontaktierte jüngst eine Mutter und erzählte mir, dass ihr Sohn nicht mehr weiterleben möchte. Lasst euch das mal durch den Kopf gehen! Da ist so ein Junge von 11 Jahren, der einfach nur wieder seine Freunde beim Kampfkunsttraining treffen will, und der hat Selbstmordgedanken, weil man ihn regelrecht wegsperrt wie einen Schwerstkriminellen!"

Diese Aussage heizte die Stimmung der Demonstranten weiter an.

„Ich weiß ja nicht, wer denen da oben ins Gehirn geschissen hat, doch den Kindern Schule, Freizeit und Freunde zu nehmen, das ist nicht zu rechtfertigen. Schon gar nicht damit, dass man Menschen vor einer angeblichen Viruserkrankung schützen muss, die in einem halben Jahr ohnehin tot sind. Schnallt das doch endlich mal! Wenn ihr die Alten schützen wollt, dann schützt sie, aber nehmt damit unseren Kindern nicht ihre Lebensfreude!"

Die Teilnehmer der Demonstration hingen an Mario Longinis Lippen. Erneut setzte Jubel ein, den auch die wiederholte Androhung der Bereitschaftspolizei, die Veranstaltung aufzulösen, wenn weiterhin die Abstand- und Hygieneregeln nicht eingehalten würden, nicht abebben ließ. Der Sprecher brachte noch eine ganze Reihe von Thesen vor. Die Gewagteste war nach Michaelas Ansicht jene über den angeblich wahren Grund der Corona-Krise. Dass es ein Vorwand sei, durch Ermächtigungsverordnungen die Menschen daran zu gewöhnen, ihre Freiheitsrechte nicht mehr auszuleben. Dabei warf Longini mit den großen Stichwörtern nur so um sich. Er verknüpfte die Flüchtlingskrise mit dem Klimawandel und schlug einen Bogen zur Globalisierung. Die Kommissarin vermochte ihm bald nicht mehr zu folgen und sie vermutete, dass es auch den Demonstrationsteilnehmern so gehen musste.

Jene beklatschten aber weiterhin alle Ausführungen des Kampfkunstlehrers und schienen sich von seinen Worten regelrecht mitreißen zu lassen. Vermutlich hätte er auch verkünden können, dass die Erde eine Scheibe sei, und die Reaktion wäre dieselbe gewesen. Die Kriminalpolizistin überlegte sich, ob es wirklich eine so gute Idee war, Longini hier zu befragen. So wie er die Gemüter seiner Anhänger anzuheizen verstand, könnte ein Verhör auch schnell in Gewalt umschlagen, befürchtete sie.

***

„Ich gebe der Lügenpresse keine Interviews!", schnauzte der Kampfkunstmeister die beiden Ermittler an, als sie auf ihn zu traten. Zu seinem offensichtlichen Unmut hatte die Tatsache geführt, dass er vor zwei Minuten das Ende der Kundgebung ausrufen musste. Nach weiterhin erfolglosen Ermahnungen der Bereitschaftspolizei war die Auflösung der Versammlung der logische Schluss. Mit Sorge beobachtete Michaela Burghardt, dass die Bemühungen, die Menschen zum Gehen zu veranlassen, einige erhitzte Wortgefechte auslösten. Noch vermieden beide Seiten Handgreiflichkeiten. Dass dies so bleiben würde, erschien keinesfalls gewiss.

„Wir sind keine Journalisten", stellte Edelmann fest und zeigte seinen Dienstausweis. „Das ist Kommissarin Burghardt und ich bin Hauptkommissar Edelmann. Wir gehören zur Mordkommission und ermitteln im Fall von Hans-Peter Schulmann. Sie haben sicherlich davon gehört."

Longini schnaubte. Mittlerweile trug er einen gelben Schal vor Mund und Nase, sodass ein Großteil seines Gesichts für Michaela verborgen blieb. Sein Blick zeigte ihr jedoch, dass ihr ehemaliger Lehrmeister sie offenbar nicht wiedererkannt hatte. Das wollte sie auch gerne so belassen.

„Die zweite gute Nachricht seit Wochen", kommentierte der Kampfkunstlehrer mit tiefer Verachtung in der Stimme.

„Welche war die erste gute Nachricht?", fragte die Kommissarin sogleich.

„Na, dass es den anderen Dichtmacher, diesen Gernot Müller erwischt hat", erhielt sie als Antwort und vermeinte unter dem Schal ein Grinsen zu erahnen.

„Herr Longini, Sie waren am Donnerstag, den 17. Dezember, in der Fernsehsendung Saar Talk zu Gast und hatten ein sehr emotionales Streitgespräch mit dem gestern Abend ermordeten Herrn Schulmann", begann Rüdiger Edelmann. „Sie werden verstehen, dass wir Ihnen jetzt einige Fragen stellen müssen. Das ist reine Routine. Wir können das hier erledigen oder wir nehmen Sie mit auf die Wache."

„Bloß nicht", erwiderte der Kung Fu-Meister. „Da fange ich mir nur Corona ein oder stecke vielleicht jemanden an. Wenn Sie mich etwas fragen wollen, dann fragen Sie es mich am besten hier und jetzt."

„Wo waren Sie am 27. Dezember zwischen 21 Uhr und 5 Uhr morgens und wo waren Sie gestern zwischen 21 Uhr und 5 Uhr morgens?"

Michaelas Worte kamen wie aus einer Pistole geschossen. Sie merkte, wie ihr Herzschlag schneller wurde. Jener Mann ihr gegenüber war vor rund sieben Jahren eine absolute Respektsperson für sie gewesen. Jetzt behandelte sie ihn als Verdächtigen in einer Mordserie. Ihre Blicke trafen sich und sie bemerkte die gleiche Unruhe in sich zurückkehren, welche sie damals bei ihrer ersten und einzigen Schülergradprüfung im Wing Chun empfunden hatte.

„Wir kennen uns doch?", stellte Longini die Gegenfrage, welche die Ermittlerin liebend gerne vermieden hätte. „Du warst doch mal eine Weile bei mir im Unterricht, oder? Michaela, wenn ich mich richtig erinnere."

Zu ihrem eigenen Ärger reagierte die Ermittlerin nun ausgesprochen unprofessionell. Für niemanden unter ihrer Mund-Nasen-Bedeckung zu erkennen, lächelte sie verlegen. Dann deutete sie ein leichtes Nicken an. Longini wirkte zufrieden.

„Ich habe ein gutes Personengedächtnis", fuhr er fort. „Du hattest Talent fürs Wing Chun. Schade, dass du nicht mehr dabei bist. Nun ja, im Moment kann ich ohnehin nur sehr eingeschränkt Kampfkunstunterricht geben."

Ehe er weitersprechen konnte, wurde dieser peinliche Augenblick für Michaela noch unangenehmer, denn ihr Kollege übernahm das Ruder.

„Wir sind nicht hier, um in privaten Erinnerungen zu schwelgen, Herr Longini!", kommandierte Edelmann. „Beantworten Sie bitte einfach die Frage meiner Kollegin."

„Bitteschön, wenn es der Wahrheitsfindung hilft", entgegnete der Kampfkunstlehrer spöttisch. „Ich war an beiden Tagen in meiner Schule und habe bis etwa 21:30 Uhr Online-Unterricht gegeben. Das würde ich zwischen den Jahren normalerweise nicht tun, doch die aktuelle Lage macht es notwendig, den Kontakt zu allen Schülern aufrecht zu erhalten. Danach habe ich noch etwas Papierkram erledigt und E-Mails beantwortet und bin nach Hause gefahren."

„Sie haben ein Büro in Ihrer Kampfkunstakademie?", fragte Edelmann weiter.

„Ja."

„Wann haben Sie es jeweils verlassen."

„So um 22:30 Uhr."

„Dann waren Sie während der Ausgangssperre unterwegs?"

„Das darf ich ja auch ganz offiziell, denn ich komme von meiner Arbeit", stelle Longini fest und Michaela erkannte die Genugtuung, welche in seinen Worten mitschwang.

„Wann sind Sie daheim angekommen?", fragte der Hauptkommissar weiter.

„So gegen 23 Uhr, ich wohne nicht in Saarbrücken."

„Kann das jemand bestätigen?", wollte der Hauptkommissar nun wissen.

„Meine Freundin, natürlich."

„Kannten Sie Gernot Müller oder Hans-Peter Schulmann?"

„Nur aus den Medien und Schulmann von der Talkrunde im Fernsehen."

Während ihr Kollege diese und noch weitere Fragen stellte, fertigte Michaela dazu Notizen im dienstlich gelieferten Büchlein an. Ganz bei der Sache war sie nicht, wie sie später beim Abtippen bemerken sollte. Die Minuten vergingen für sie nur schleppend und ihre Gedanken schweiften immer wieder ab und kehrten zu den Erfahrungen während ihres Wing Chun-Unterrichts zurück.

Am Ende der Befragung verabschiedete sich Longini und wünschte den Ermittlern einen guten Rutsch ins neue Jahr. Michaelas Erwiderung ließ bei dem Kampfkunstlehrer erneut ein verstecktes Lächeln unter seinem Schal erahnen, während ihr Kollege darauf unwillkürlich zuckte. Die Polizistin sagte:

„Das wünsche ich dir auch, Sifu."

***

„Was sollte das denn?", fragte sie der ältere Kriminalhauptkommissar sofort, als sie die Autotüren geschlossen hatten.

„Was sollte was?", entgegnete sie, hauptsächlich, um Zeit zu gewinnen, damit ihr eine passende Antwort einfallen möge.

„Du duzt einen Verdächtigen, den du seit einigen Jahren nicht mehr gesehen hast, und sprichst ihn auch noch mit so einem chinesischen Ehrentitel an. Das passt nicht zu unserer Arbeit. Wir sollten immer einen gewissen Abstand wahren."

„Das weiß ich selbst", zischte Michaela schärfer, als sie eigentlich wollte, denn sie fühlte sich ertappt. „Es ist so eine Ehrensache unter Kampfkünstlern. Aber davon verstehst du halt nichts, weil du nicht da drin bist."

„Also Kollegin, erst mal ist Sport, Sport und Dienst, Dienst", konterte Edelmann. „Außerdem habe ich meine Ju Jutsu-Ausbildung schon zwanzig Jahre vor deiner Geburt begonnen."

„Das ist Einsatztraining und nicht wirklich mit einer traditionellen Kampfkunst zu vergleichen", widersprach Michaela.

„Wie du meinst", erwiderte ihr Kollege. „Fakt ist aber, dass Longini im Moment unser Hauptverdächtiger ist. Er hat ein Motiv, kein wasserdichtes Alibi und ist zudem aufgrund seiner Fähigkeiten in der Lage solche Morde zu begehen. Oder scheidet er beim Erwürgen aus?"

Michaela Burghardt bog in dem Moment auf eine Hauptverkehrsstraße, als ihr Kollege diese eher rhetorische Frage stellte. Nachdem sie wieder geradeaus fuhr, antwortete sie.

„Jemanden erwürgen kann er ohne Probleme und die passende Technik kennt er auch, aber ich glaube nicht, dass er es gewesen ist."

„Wieso?"

„Weil seine ganze Kampfkunst auf Gewaltabwehr ausgerichtet ist. Das würde allem widersprechen, was er tagtäglich lehrt."

Rüdiger Edelmann schüttelte den Kopf. Auf diese, seiner Ansicht nach typisch weibliche, emotionale Einschätzung, hatte er keine passende Antwort, die ihn nicht vielleicht seine Pension kosten konnte. Also schwieg er einfach und dachte sich:

„Mädchen, du hast wirklich noch viel zu lernen."

Kapitel 8 – Sonderkommission

Im Büro setzten sich beide Ermittler zunächst an ihre Arbeitsplätze und schwiegen. Das war eine Fortführung der nonverbalen Konversation während der Fahrt. Die Stille im Dienstzimmer entsprach der typischen Abwesenheit eines Wortwechsels, wie er so häufig unter Kollegen nach einer Meinungsverschiedenheit vorkommt.

Um nicht doch ein Gespräch führen zu müssen, warf Michaela einen Blick auf die App der Saarbrücker Zeitung. Gleich an der Titelstory blieb sie hängen.

„Mordserie gegen Lockdown-Befürworter Fachpolitiker der Großen Koalition im Saarland werden Opfer von tödlichen Anschlägen

(Saarbrücken) Gernot Müller war die mahnende Stimme der Saar-SPD. Sein Freund, Hans-Peter Schulmann, übernahm diese Aufgabe in der CDU des Saarlands. Beide kannten und schätzten sich. Beide forderten bereits im frühen Herbst stärkere

Schutzmaßnahmen und sollten angesichts der zweiten Welle der Corona-Pandemie mit ihren Mahnungen recht behalten. Nun sind diese Politiker tot.

Müller wurde am frühen Montagmorgen in seinem Privatwagen auf einem Parkplatz in Holz tot aufgefunden. Schulmann fand man heute in unmittelbarer Nähe zu dessen Wohnhaus ebenfalls tot im Auto. Und es gibt noch mehr Parallelen bei den Morden. Nach ersten Erkenntnissen scheinen beide Opfer von einem Nahkampfexperten zu Tode gebracht worden zu sein. Aus gut unterrichteten Quellen war zu hören, dass der Täter Müller erwürgt habe, während Schulmann mit bloßen Händen das Genick gebrochen wurde.

Die Mordkommission tappt ansonsten noch voll im Dunkeln. Scheinbar hat der Mörder am Tatort keine Spuren hinterlassen. Bisher gibt es von offizieller Seite keine Stellungnahme. Zur Frage, ob der Täter im Kreis der radikalen Querdenker zu suchen sein könnte, will sich bis zur Stunde ebenfalls noch niemand aus Politik oder von den ermittelnden Beamten äußern.

Landesregierung und Bevölkerung werden von diesen Morden tief erschüttert und zu einem gänzlich ungünstigen Zeitpunkt erwischt. Jetzt, wo gerade heute bekannt wurde, dass die britische, hochansteckende Virusmutation B 1.1.7 schon seit November in Deutschland grassiert, werden alle Kräfte auf deren Eindämmung fokussiert. Die Sorge vor weiteren Morden behindert nun diese Maßnahmen. Gerüchten zu Folge ist der Polizeischutz für die Mitglieder der Regierungskoalition und die Befürworter des Lockdowns in den Reihen der Landesparteien von CDU und SPD massiv ausgebaut worden. Es ist zu hoffen, dass hier nicht der Corona-Virus um sich greift und die in diesen Tagen üblichen Personalausfälle den Schutz von Menschenleben gefährden.

(hep)"

Wortlos erhob sich Michaela, setzte die Mund-Nasen-Bedeckung auf und legte ihr Smartphone mit gebührendem Abstand auf den Schreibtisch ihres Kollegen. Dieser blickte von seinem Bildschirm hoch, als sie bereits einen Schritt zurückgetreten war. Ein Stichwort einer E-Mail, die der Hauptkommissar gerade versendete, hatte sie noch erhaschen können. „Ausgangssperre" lautete der Betreff.

Rüdiger Edelmann nahm ebenso wortlos das Smartphone auf. Seine Hände würde er sich ohnehin bald waschen gehen, denn es zog ihn gerade in Richtung der Toilette. Mit zusammengekniffenen Augen überflog er die Überschrift und griff dann nach seiner Lesebrille, um den Rest des Textes besser erkennen zu können.

„Verdammt", murmelte er. „Da gibt es eine undichte Stelle in der Direktion."

„Und was jetzt?", fragte seine Kollegin.

„Wir werden sicher bald einen Anruf vom Chef erhalten und zum Rapport zitiert werden", erwiderte Edelmann. „Es ist vermutlich besser, wenn ich selbst den Hörer in die Hand nehme und frage, ob wir sofort vorbeikommen können."

***

Dem Chef der Saarbrücker Mordkommission machte man nicht so leicht etwas vor. Erster Kriminalhauptkommissar Manfred Schröder hatte zwar kurz nach Edelmann bei der Kriminalpolizei begonnen, jedoch in verschiedenen Abteilungen derart erfolgreich gearbeitet, dass ihm die Leitung bereits vor zehn Jahren übertragen worden war. Damals hatte ein Vorgänger in einem spektakulären Mordfall grandios versagt und Schröder berief man als Nachfolger. Der vollschlanke Mann Ende fünfzig, dem fast keine Haare mehr auf dem Kopf wuchsen, fixierte Untergebene wie Zeugen und Verdächtige durch seine randlose Brille wie ein ausgehungerter Geier, der auf den Tod eines Tieres lauert. An dieses Bild erinnerte sich Rüdiger Edelmann, als seine Kollegin und er ihren Bericht zum Stand der Ermittlungen abgeschlossen hatten.

Schröder rückte mit dem rechten Zeigefinger seine Brille zurecht und lehnte sich in jenem Moment der Stille in seinem ergonomischen Bürostuhl zurück. Einige Augenblicke schaute er aus dem Fenster auf die Straßen des spätnachmittäglichen Saarbrücken. Die Sonne ging bereits unter und so mancher Beamte freute sich auf seinen wohlverdienten Feierabend. Dass dieser für die Kripo heute später ausfallen würde, vermutete Edelmann zurecht aufgrund des Gesichtsausdrucks seines Vorgesetzten.

„Bevor ihr beide gekommen seid, hat mich der Polizeipräsident angerufen", begann Schröder seine Ausführung. „Diesen wiederum hat der Innenminister kontaktiert. In der Staatskanzlei und im Landtag ist die Hölle los. Jeder, der irgendwann mal gesagt hat, dass er den Lockdown gut findet, hat nun Angst um sein Leben. Es gibt seit gerade eben eine Urlaubssperre und alle, die nicht krank sind, wurden zurück in den Dienst gerufen. So ziemlich jeder geht davon aus, dass es einen weiteren Mord an einem Politiker geben wird. Und was mir daran nicht gefällt, ist, dass die Öffentlichkeit kaum weniger weiß als wir."

„Das Problem ist der Maulwurf in unseren Reihen", schlussfolgerte Edelmann. „Irgendwer macht sich auf Kosten seiner Kollegen wichtig und gibt Informationen raus."

Schröder nickte, ehe er weitersprach:

„Sehr richtig. Diese undichte Stelle in der Direktion zu finden, wurde mir übertragen. Ihr beide werdet Teil der Soko für die Morde. Ich habe acht Kollegen aus verschiedenen Kommissionen im Blick, die mit euch den Auftrag schnell erledigen sollen. Ich habe keine Lust, mir hiervon die Neujahrsfeier vermiesen zu lassen. Du, Rüdiger, bekommst die Leitung."

Eine Sonderkommission wird eingerichtet, wenn schnelle Ermittlungsergebnisse erwünscht sind. Zehn Köpfe sind für so ein Team schon ganz ordentlich und lassen auf einen besonders wichtigen Fall schließen. Michaela schlug bei dieser Ansage das Herz bis zum Hals. Gleich ihre ersten beiden Morde beschäftigten ab sofort eine Soko. Hier konnte sie sicher viel lernen, was ihr bei der weiteren Karriere hilfreich sein mochte. Das Ganze bot natürlich auch die Chance, etwas vor den Augen aller Kollegen zu vermasseln. Zurückhaltung könnte somit das Gebot der Stunde sein, um nicht auf der Nase zu landen. Dennoch drängte sich eine Frage geradezu auf ihre Lippen, die sie aussprach, bevor ihr Verstand die Möglichkeit hatte, Einspruch einzulegen.

„Wie soll die Soko heißen?"

„Bitte?", hörte man Rüdiger Edelmann fragen.

„Na, bei so einem Fall wird die Pressestelle doch sicher wissen wollen, wie die zehnköpfige Sonderkommission genannt wird, oder?"

„Hast du einen Vorschlag?", fragte ihr Chef.

„Wie wäre es mit Martial Arts Killer?", schlug Michaela scheinbar selbstbewusst vor, während ihr Herz in die Hose rutschte. „Wir gehen von einem oder mehreren Nahkampfexperten aus. Und es sind Morde. Der Name wird sicherlich etwas hermachen."

„Soko Martial Arts Killer", sagte Schröder langsam.

„So ein anglistischer Quatsch", brummte Edelmann. „Das ist doch nur was für die sensationsgeile Presse."

„Eben!", rief der Leiter der Mordkommission. „Wenn die schon mehr erfahren, als uns lieb ist, dann geben wir ihnen etwas, das sie mitreißt."

Michaela vollführte innerlich einen Freudensprung. Gleich ihre erste Aktion war ein Volltreffer bei ihrem Vorgesetzten.

„Ich hatte zunächst meine Zweifel, aber nun bin ich mir sicher", sprach dieser weiter. „Wir brauchen neben der notwendigen Erfahrung auch die richtigen Ideen, um hier schnell zu Ergebnissen zu kommen. Du, Michaela, bist hiermit die stellvertretende Leiterin der Soko Martial Arts Killer. Enttäusche mich nicht."

Jetzt war die Kriminalkommissarin kurz davor, von den in ihr aufkeimenden, sich widersprechenden Gefühlen förmlich zerrissen zu werden. Mit Mühe und Not wahrte sie die Fassung und erwiderte denkbar knapp:

„Gerne."

***

Die Arbeit bei der Kriminalpolizei und auch in einer Mordkommission gestaltet sich in der Regel etwas anders, als man dies aus dem Fernsehen kennt. Den Großteil der Zeit verbringen die Ermittler am Schreibtisch und bemühen Telefone sowie Computer für ihre Arbeit. Zeugen werden vorgeladen und Verdächtige zum Verhör abgeholt. Dann erfolgt eine Befragung, die weiteren Papierkram erzeugt. Auch wenn heutzutage nicht mehr alles sofort ausgedruckt wird, gibt es viel festzuhalten, was schließlich als Papierakte an die Staatsanwaltschaft geht.

Keine zehn Minuten nach dem Ende der Besprechung mit Schröder war die Soko „Martial Arts Killer" unter Einhaltung der Hygienevorschriften im großen Besprechungsraum des Präsidiums zusammengekommen. Hier brachten Rüdiger Edelmann und Michaela Burghardt alle Kollegen auf ihren Stand der Ermittlungen. Nach einem kurzen Brainstorming verteilte der Soko-Leiter die Aufgaben. Die drei Verdächtigen, Arthur Ross, Jerome Bernard und Mario Longini, wurden in die Direktion gebracht und verhört. Insbesondere den Kung Fu-Meister drehten zwei Kollegen aus der Drogenfahndung ausgiebig durch die Mangel. Diese Aufgabe nicht übernehmen zu müssen, schätzte Michaela. Dafür musste sie jedoch eine nach ihrem Empfinden recht stupide Arbeit erledigen. Zusammen mit zwei Kolleginnen durchforstete sie das Internet und suchte Hinweise, die als Morddrohung gegenüber Lockdown-Befürwortern aus den Reihen der Saar-Politiker verstanden werden konnten. Tief im Sumpf der Verschwörungsmythen und Aufstandsfantasien unterwegs, bemerkte Michaela, dass etwas in ihr vorging. Je länger und je öfter sie die Behauptungen und Vorwürfe las, desto mehr Verständnis für jene Gruppen entwickelte sie. Dieser Umstand bereitete ihr einige Kopfschmerzen.

Natürlich blieb die Kommissarin von Thesen zu verimpften Mikrochips, weltweiten Politikkartellen und zurückgehaltenen Heilmitteln unberührt. Doch immer wieder las sie Vorschläge und Forderungen nach alternativen Herangehensweisen zur Eindämmung der Pandemie. Sie erfuhr zum Beispiel, dass der in den Medien so häufig zu sehende Präsident des Robert Koch-Instituts, Professor Lothar H. Wieler, eigentlich ein auf Tierseuchen spezialisierter Veterinärmediziner war. Dass dies ein Vorteil sei, um eine Pandemie, welche von Fledermäusen kommt, zu erfassen, verarbeiteten die entsprechenden Seiten und Kommentare im Internet ausgesprochen satirisch. Einer seiner Vorgänger, Professor Klaus-Dieter Zastrow, vermochte als Koryphäe für Krankenhaushygiene und übertragbare Krankheiten deutlich mehr Vertrauen zu generieren. Dieser wurde häufig damit zitiert, dass die falschen Experten zur falschen Zeit zurate gezogen würden. Seiner Ansicht nach sei es die Aufgabe der Virologen, den neuartigen Virus zu erforschen und seine Übertragungswege zu bestimmen. Die Maßnahmen zur Eindämmung solle man dagegen den medizinischen Hygienikern überlassen.

Das Tragen von medizinischen Masken und das Einhalten der Lüftungsintervalle sowie Treffen im Freien wären wesentlich hilfreicher, als Schulen und Sportvereine zu schließen. Die Menschen würden sich nicht trotz Hygienemaßnahmen anstecken, sondern weil sie im privaten Umfeld oder am Arbeitsplatz keine und die falschen Maßnahmen ergreifen würden. Michaela erfuhr des Weiteren, dass es zwar sinnvoll sein könnte, ältere Menschen nur mit einer guten Mund-Nasen-Bedeckung zu treffen, die Abschottung von Kindern von ihren Spielkameraden schieße jedoch deutlich über das Ziel hinaus.

Andere Quellen warfen die Frage auf, warum Baumärkte nur von Gewerbetreibenden betreten werden durften, wohingegen jeder in einen Supermärkt hineinkam. Die Art des Einkaufs sei bei beiden so ähnlich, dass die Gefahr einer Ansteckung gleich hoch sein sollte. Gleich niedrig traf es jedoch besser, denn weder Supermärkte noch Baumärkte konnten als Pandemietreiber ausgewiesen werden. Auch eine Übertragung in Friseursalons und Nagelstudios ließe sich mit passenden Maßnahmen ausschließen. Einen positiven Effekt auf die explodierenden Infektionszahlen, gerade im Bereich der Altenpflege, vermochte man durch die Schließung dieser Einrichtungen jedenfalls nicht nachzuweisen.

Kritik wurde dahingehend laut, dass es nach wie vor keine umfassende Teststrategie gebe und insbesondere die mobilen Pflegedienste und die Krankenhäuser hier aus Kostengründen ein viel zu grobmaschiges Netz nutzten. Dramatische Fälle von in häuslicher Pflege betreuten Verwandten musste Michaela lesen, welche zwar seit einem Dreivierteljahr ihre Enkel oder Urenkel nicht mehr gesehen hätten, dafür jedoch über ihre Haushaltshilfe oder den Pflegedienst infiziert worden waren.

Die Kampfkunstszene bildete bei den Argumenten und Protesten rund um die Corona-Pandemie keinen einheitlichen Block. Alle Varianten von Ansichten konnte man hier finden. Die Überzeugung, dass Sport mit Auflagen auch in Kleingruppen weiterhin möglich sein sollte, überwog hier zwar, jedoch gab es eine ganze Reihe von strikten Lockdown-Kritikern unter den Kampfsporttrainern und Selbstverteidigungslehrern des Saarlandes.

Michaela wühlte sich durch seitenlange Posts von erfahrenen Nahkampfexperten und kam nicht umhin, für ihre Situation mehr als Verständnis zu entwickeln. Alle vermissten, ihre Leidenschaft auszuleben und den direkten Kontakt mit Trainingspartnern und Schülern zu haben. Für eine große Gruppe stand die wirtschaftliche Existenz auf dem Spiel und dementsprechend deutlich fiel auch ihre Kritik an den Maßnahmen aus.

Michaela schaute auf ihre Computeruhr. Mittlerweile war es bereits nach sieben. Die Soko sollte bis 20 Uhr im Dienst bleiben, hatte Rüdiger Edelmann ausgegeben. Für die Kommissarin bedeuteten die Überstunden einen gesteigerten Kaffeekonsum. Sie stand auf und begab sich mit aufgesetzter Mund-Nasen-Bedeckung zur Teeküche des Stockwerks, um sich wieder eine Tasse zu holen.

An der gerade durchlaufenden Kaffeemaschine befand sich ihr Kollege und Soko-Chef.

„Na, wie laufen deine Ermittlungen?", fragte Edelmann.

„Nichts Konkretes bisher", erwiderte Michaela. „Dafür gewinne ich mehr und mehr den Eindruck, dass dieser Lockdown und die Eindämmungsmaßnahmen voll am Ziel vorbeischießen."

„Da hast du absolut recht", bestätigte ihr älterer Kollege. „Das bringt so einfach nichts. Das ist alles viel zu halbherzig. Wir sollten jetzt besser mal alles für drei Wochen auf Null fahren, dann wäre die Lage sofort unter Kontrolle."

Michaela schüttelte den Kopf.

„So meine ich es nicht. Es wird einfach viel zu viel verboten, anstelle den Menschen aufzuzeigen, welche Schutzmaßnahmen sie ergreifen können, um sich nicht anzustecken. Es gibt Masken, Munddesinfektionsmittel und sogar Schnelltests. Wenn man es richtig angeht, dann ist einiges möglich und trotzdem sollte sich keiner anstecken."

„Der beste Schutz ist immer noch Isolation", erwiderte Edelmann. „Die Quarantäne ist ein altbewährtes Mittel bei Pandemien. Wer sich nicht trifft, kann sich nicht gegenseitig infizieren. Heute gibt es Handys und Videokonferenzen. Man hält auch so den sozialen Kontakt und ist nicht allein."

„Das ist aber nicht dasselbe wie zum Beispiel unser Gespräch jetzt", widersprach die Kommissarin. „Ich habe gerade einen Blogeintrag vom bekannten Taekwondo-Meister Anton Kurz gelesen. Der bringt es sehr gut auf den Punkt. Er meinte, dass uns die Pandemie wie ein Kranichtritt am Kopf getroffen hat und wir alle in einem Strom aus Angst und Misstrauen gegenüber unseren Mitmenschen ertrinken. Jeder Andere werde nun nur noch als Gefahr gesehen, dabei sei es doch das Virus, dem man die Chance nehmen müsse, weiterzuleben."

„Eine schöne Metapher", befand der Kriminalhauptkommissar. „Sie ändert jedoch nichts an der Tatsache, dass Covid-19 eben von Mensch zu Mensch übertragen wird. Daher gilt es, Kontakte so weit wie möglich zu reduzieren."

„Kontakte ohne Schutzmaßnahmen", verbesserte Michaela.

„Allgemein Kontakte", beharrte Edelmann.

„Das ist doch viel zu viel an Einschränkung", konterte Michaela.

„Du gehörst ja auch nicht zur Risikogruppe", knurrte der Kriminalhauptkommissar. „Ich habe keine Lust, mir den Mist einzufangen, bloß weil einige nicht die paar Monate warten können, bis wir durchgeimpft sind."

„Ob das mit dem Impfen so einfach klappt, ist im Moment noch überhaupt nicht sicher!", gab die Kommissarin zurück. „Wenn der Virus weiter mutiert, wirken die Stoffe vielleicht nicht. Mal ganz davon abgesehen, dass hier bei der Entwicklung alles in extremer Eile passiert ist. Wer weiß schon, ob das nicht noch mit schlimmen Nebenwirkungen nach hinten losgeht."

Rüdiger Edelmann brummte. Auf einen Streit mit dem Küken hatte er nun wirklich keine Lust. Also suchte er das Thema zu wechseln.

„Konntest du denn noch Drohungen von Kampfsportlern gegen Politiker ausfindig machen?", fragte er nach einem Moment der Stille, in dem er zunächst seiner Kollegin und dann sich selbst die Kaffeebecher gefüllt hatte.

Michaela Burghardt schluckte ihre weiteren Argumente herunter und nahm den Versöhnungsvorschlag über einen Themenwechsel an.

„Nein, hier haben mein Team und ich noch nichts ausfindig machen können", antwortete sie.

„Es sind jetzt ohnehin alle geschützt", stellte Edelmann fest. „Wir bleiben beim Plan. Bis 20 Uhr schaffen wir weg, was geht, und dann ist morgen auch noch ein Tag. Ich gehe davon aus, dass wir bald in einem Strom aus Hinweisen ertrinken. Da müssen wir fit sein, sonst saufen wir ab."

Kapitel 9 – Ertränkt

Hin und wieder gelingt es, die eigene Fach-kompetenz zum persönlichen Vorteil einzusetzen. Das wurde dem Läufer in diesem Moment erneut bewusst. Er schätzte seit vielen Jahren einen sehr geregelten Tagesablauf.

Um 6.34 Uhr stand er jeden Morgen auf. Zuvor pflegte er, mit seiner Ehefrau im Arm, die Nach-richten über den Radiowecker zu hören. Während seine bessere Hälfte dann in die Küche ent-schwand, um das gemeinsame Frühstück vorzu-bereiten, öffnete er die Fenster und übte den Sonnengruß, eine Abfolge von Yoga-Stellungen, welche diesen Mann seit mehr als dreißig Jahren fit hielt. Mit tiefer Atmung formte jene Morgen-routine eine starke Lunge. Danach ging er duschen, um anschließend mit seiner Gattin bei gutem Tee, weich gekochten Eiern und von ihr selbst gebackenem Vollkornbrot ausgiebig zu frühstücken. So gestärkt konnte der Tag kommen. Diesen Ablauf behielt er, der nun bald sein sech-zigstes Lebenjahr vollenden würde, auch an

Sonn- und Feiertagen sowie im Urlaub bei. Seine geplante Pause zum Jahresende war nun allerdings aufgrund von SARS-CoV-2 ausgefallen. Das Virus erschien ihm zwar weit weniger spannend als andere Krankheitserreger, mit denen er bisher zu tun gehabt hatte, aber „Corona", wie es die Laien allgemein bezeichneten, war in jeder Hinsicht in aller Munde. In so einer Zeit war seine Expertise gefragt. Daher zog es ihn nun auch zwischen den Jahren Tag für Tag zu seiner Arbeitsstelle. Selten erfuhr seine Zunft derart viel Beachtung. Selten hatte sein Wort derart viel Gewicht. Seinen Worten allein war es zu verdanken, dass er nun ohne Maske und trotz nächtlicher Ausgangssperre auch das Ende seines Tagesablaufs in gewohnter Weise weiter leben durfte. Gegen 19.15 Uhr kam er daheim an. Seine Gattin wartete dann bereits mit dem fertigen Abendmahl. Während sie speisten, erzählte sie ihm von ihren Tageserlebnissen und teilte die Neuigkeiten aus dem Haushalt der erwachsenen Tochter mit, welche in diesem Jahr ihr erstes Baby bekommen hatte. Höflich hörte er zu und beim obligatorischen Obstnachtisch berichtete er von den neusten Erkenntnissen aus seiner Arbeit.

In jenen Tagen gewann er den Eindruck, dass seine Frau hier weitaus mehr Interesse zeigte als zuvor.

Gemeinsam schaute man im Anschluss die Tagesschau und begann für gewöhnlich einen Krimi anzusehen. Gegen 21.30 Uhr verabschiedete sich dann der Hausherr und zog bei nahezu jedem Wetter passende Laufkleidung an, um eine große Runde zu drehen. Gerade jetzt, wo zu dieser Uhrzeit nur noch das Sporttreiben alleine an frischer Luft gestattet war, genoss er die Stille beim abendlichen Lauf. Ja, es war seinem Wort zu verdanken, dass diese Ausnahme ihren Platz in der Verordnung gefunden hatte. Seine Expertise zweifelte niemand auf der Regierungsbank mehr an. Zu häufig hatte er in den vergangenen Monaten recht behalten.

Noch etwa vierhundert Meter trennten den hochgewachsenen, drahtigen Mann mit dem vollen, weiß-grauen Haar und dem ebenso ergrauten, kurzen Vollbart von seinem Wohnhaus. Er würde es bald erreichen und dann den Worten seiner Gattin lauschen, die darauf brennen würde, ihm das Ende des Kriminalstücks zu erzählen. Dies bildete die allabendliche Überleitung zum ehelichen Liebesspiel. Seitdem die bessere Hälfte in der Menopause angelangt war, gab es nahezu keinen Abend mehr, der ohne es ausklang. Jener Umstand diente nicht nur zur Paarbindung und zur Prostatakrebsprophylaxe. Sie hielt den in sexueller Hinsicht ruhiger gewordenen Mann auch von gewagten Abenteuern ab. Noch vor zehn Jahren verkehrte er mit bis zu einem Dutzend weiblicher Wesen unterschiedlichen Alters pro Kalenderjahr. Das brachte ihm bisweilen etwas Ärger ein. Er war froh, diese Eskapaden hinter sich gelassen zu haben, und bog nun auf den letzten Teil der Laufstrecke ein. Jener führte ihn unmittelbar an der nächtlichen Saar entlang. So war er es gewohnt. So lief er jeden Abend.

***

Das Ziel bog auf den Weg, der am Strom entlangführte. Für den Beobachter lief es überraschend schnell. Er würde nur einen Versuch haben, wollte er es wie geplant vollbringen. Wieder einmal hieß es, den Überraschungsmoment mit dem richtigen Timing zu nutzen. Bemerken konnte ihn das Opfer nicht. Hier, hinter der Werbetafel, war er in seiner dunklen Kleidung unmöglich zu entdecken.

Jetzt war das Ziel da! Jetzt war die Zeit gekommen! Schnelle Schritte trugen ihn um die Deckung herum. Bei seinem letzten Schritt mit dem linken Bein riss er das Knie hoch. Nun befand er sich in Reichweite. Als das linke Bein nach unten gestoßen wurde, gab es dem rechten den benötigten Schwung. Hart traf die rechte Stiefelspitze das Ziel vollkommen unvorbereitet direkt unter dem Kinn. Zähne schlugen klackend aufeinander, als ein Kopf in den Nacken geschleudert wurde. Der Körper stolperte wie beabsichtigt in Richtung des Ufers. Er würde dort sicher bewusstlos zusammenbrechen. Doch das war nicht die Absicht des Angreifers.

Blitzschnell setzte er den rechten Fuß nach vorne ab, sodass die Hacke in Linie des Ziels zeigte. Dabei drehte er diesem zunächst seinen Rücken zu und schließlich sich soweit herum, dass die linke Schulter ausgerichtet war. Der Fußstoß mit dem linken Bein traf das Ziel an den rechten Rippen mit solcher Wucht, dass es förmlich vom Boden abhob, über den Rand des Ufers katapultiert wurde und in das Wasser der Saar klatschte.

Der Körper wurde von der Strömung schnell fortgetragen.

Dank der Ausgangssperre brauchte der Angreifer an dieser schwer einzusehenden Stelle keine Zeugen zu befürchten. Das eiskalte Wasser sollte binnen weniger Minuten sein Werk vollenden. Selbst für die meisten ausgebildeten Rettungsschwimmer in passender Ausrüstung war die Strömung hier zu stark. Auch im Sommer vermochte ein Sturz ins Wasser tödlich zu sein. Nach zwei derartigen Volltreffern und im Winter bestand keine Chance, dass das Ziel gerettet werden konnte oder sich gar selbst retten könnte. Der Angreifer wusste das. Zügigen und zugleich unauffälligen Schrittes entfernte er sich vom Tatort.

Kapitel 10 – Aufmerksamkeit

Den Vormittag hatten Michaela Burghardt und Rüdiger Edelmann damit verbracht, die Pressekonferenz von Innenminister, Generalstaatsanwalt und Polizeipräsident vorzubereiten. In die Saarbrücker Staatskanzlei wurden sie selbst nicht eingeladen. Kurz vor 12 Uhr versammelten sie sich mit den anderen Kollegen der Soko „Martial Arts Killer" vor dem großen Bildschirm im Versammlungsraum des Präsidiums und verfolgten die mit fünf Minuten Verspätung beginnende Vorstellung ihrer bisherigen Ermittlungsergebnisse. Diese waren nicht gerade sehr umfangreich. Bei allen taktischen Wortspielchen, bildhaften Umschreibungen und entschlossenen Versicherungen erkannten die Ermittler sofort, wie unwohl sich die drei Amtsträger den Fragen der Journalisten stellten. Den Grund hierfür mussten die Mitarbeiter der Soko nicht erst suchen. Ein schneller Erfolg wäre ihnen ebenfalls lieber gewesen.

Wieder einmal zeigten die Pressevertreter, dass sie überraschend gut informierte Quellen vorzuweisen vermochten. Einige Nachfragen konnte man sich nur mit der undichten Stelle im Präsidium erklären. Mit dreißig Minuten hielt die Informationsabteilung der Staatskanzlei jene Konferenz bewusst kurz. Die letzte Frage stellte die Vertreterin der Saarbrücker Zeitung, welche per Videokonferenz hinzugeschaltet war, direkt an den Innenminister.

„Herr Staatsminister, die Soko trägt den Namen Martial Arts Killer. Legen Sie sich damit nicht zu sehr auf den Kreis der Nahkampfexperten fest und verschließen sich gegen mögliche weitere Tätergruppen aus dem extremistischen Anti-Corona-Maßnahmen-Lager?"

„Lassen Sie mich bitte zunächst versichern, dass wir mit diesem eingängigen Namen keinesfalls die vielen Kampfsportler und Kampfsportlerinnen unter Generalverdacht stellen wollen, denen wir als Gesellschaft durch den Lockdown gerade große Opfer abverlangen", begann der Politiker zu erklären. „Es ist jedoch nicht von der Hand zu weisen, dass die Morde, so wie heute hier ausführlich erläutert wurde, nur von einem ausgewiesenen Experten im waffenlosen Kampf begangen worden sein können. Solche Fähigkeiten erlangt man nicht über Nacht, das wurde mir von den Ausbildern des Spezialeinsatzkommandos versichert. Der Täter muss also ein langjähriges oder zumindest intensives Training durchlaufen haben. Bedauerlicherweise durften wir heute hören, dass es Schnittmengen zwischen jenen ausgesprochen wenigen Kampfsportlern, welche die aktuellen Schutzmaßnahmen ablehnen, und dem Spektrum der radikalen Corona-Leugner gibt. In diesem Umfeld vermuten unsere Ermittlungsbehörden den Täter.

Gleichzeitig darf ich Ihnen jedoch versichern, dass auch anderen Spuren nachgegangen wird. Das ist die selbstverständliche Pflicht jeder guten Polizeiarbeit. Aus ermittlungstaktischen Gründen können hierzu im Moment noch keine weiteren Angaben gemacht werden. Ich bin mir jedoch sicher, dass wir bereits in diesem Jahr einen Fahndungserfolg haben könnten, denn die zuständigen Stellen arbeiten mit Hochdruck an dem Fall."

Es war Michaela, die den Bildschirm ausschaltete, nachdem der Pressesprecher der Landesregierung die Konferenz beendet hatte. Stille herrschte in dem großen Versammlungsraum.

Alle Anwesenden waren erfahren genug, um zu wissen, was diese letzten Worte bedeuteten. Auf ihnen lastete der Druck, schnell Erfolg zu haben, und dieser kam von ihrem obersten Dienstherrn persönlich. Bei dem momentanen Ermittlungsstand schienen das keine guten Aussichten zu sein.

„Kopf hoch, Leute!", rief Rüdiger Edelmann in die Runde. „Unter Druck formt man Diamanten! Auch dieser Mörder hat sicher Fehler gemacht und wurde gesehen. Wir suchen heute wie geplant weiter und dann finden wir ihn. Jetzt aber ab zum Mittagessen und danach zurück an die Arbeit!"

***

Kriminalkommissarin Michaela Burghardt war als Erste wieder im Büro. Sie hatte kurz vor der Pressekonferenz noch ein Video von einem islamistischen Gefährder entdeckt, den man verdächtigte, in Terrorlagern ausgebildet worden zu sein. Angeblich würde auch dieser Mann die Corona-Maßnahmen rundheraus ablehnen und hätte entsprechende Nahkampffähigkeiten.

Die Ermittlerin war gerade dabei, das Video zu starten, als das Telefon ihres Kollegen klingelte. Sie drückte die vorgesehene Tastenkombination und holte sich damit den Anruf auf ihren Apparat.

„Burghardt, Mordkommission", meldete sie sich.

„Hallo, hier ist Baumann aus der Gerichtsmedizin", klang es vom anderen Ende der Leitung. „Ich wollte Rüdiger sprechen."

„Er kommt gleich aus der Mittagspause", antwortete die Kommissarin. „Soll er Sie zurückrufen, Herr Professor?"

„Nee, das kann ich Ihnen auch sagen. Vielleicht ist es ja für die Soko relevant. Vor vier Stunden ist eine Leiche aus der Saar gefischt worden. Ein nächtlicher Jogger, von dem man glaubte, er sei versehentlich ins Wasser geplumpst. So was kommt ja vor."

„Ähm, ja", kommentiert Michaela die flapsige Ausdrucksweise von Professor Baumann.

„Wie dem auch sei, ich habe ihn mir jetzt angesehen. Der ist nicht hineingestolpert, den hat jemand hineingetreten. Er bekam einen Fußtritt unters Kinn und einen gegen den Köper. Die hatten echt Salz. Ihre Abdrücke konnte ich leicht sichtbar machen. Das klingt doch nach eurem Bruce-Lee-Mörder."

„Es heißt Marial Arts Killer", verbesserte Michaela den Leiter der Gerichtsmedizin. „Der interessiert sich aber nur für Lockdown-Befürworter aus der Politik."

„Und wie steht es mit deren Beratern?", hörte sie die Frage am anderen Ende der Leitung. „Der Tote ist Professor Klaus-Dieter Grünspecht, Leiter des Instituts für Virologie an der Universität des Saarlandes. Dem haben wir unseren aktuellen Lockdown sicher zu einem Großteil mit zu verdanken."

Wie ein Schlag traf Michaela die Erkenntnis, was diese Nachricht für ihre Arbeit und für die Sicherheitslage im Land bedeutete.

***

„Professor Doktor med. Doktor hc. mult. Klaus-Dieter Grünspecht, 59 Jahre, Virologe und Epidemiologe, war der führende Experte für den neuen Corona-Virus im Saarland", erklärte Michaela ihrem Kollegen und Soko-Leiter. „Er war ständiger Berater der Landesregierung und in der Forschungswelt weltweit bestens vernetzt. Bei den Lagebesprechungen in der Staatskanzlei wurde er regelmäßig zugeschaltet. Ich habe mehrere Presseberichte gefunden, wo er entweder selbst vor der zweiten Welle warnt oder von Politikern diesbezüglich zitiert wird."

„Lass mich raten: Zu diesen Politikern gehörten auch Müller und Schulmann?", fragte der Kriminalhauptkommissar.

„Korrekt", erwiderte Michaela. „Er war mit ihnen genau auf einer Linie."

Rüdiger Edelmann kräuselte die Nase.

„Du weißt, was das heißt?", meinte er rein rhetorisch. „Wenn das publik wird, dann herrscht hier Endzeitstimmung. Jeder Forscher und auch jeder Promi, der den zweiten Lockdown gefordert hat, könnte das nächste Opfer sein. Alle werden eine schnelle Aufklärung wollen und mich wird man schlachten, wenn wir das nicht schaffen."

„Denk nicht nur an dich", sagte die junge Kommissarin. „Ich bin dankenswerterweise deine Stellvertreterin. Sollten wir es vermasseln, bleibt es auch an mir hängen. Und ich habe noch fast vier Jahrzehnte im Dienst vor mir."

Der erfahrene Hauptkommissar winkte ab.

„Keine Sorge, das kann ich sicher verhindern, falls es so weit kommen sollte. Ich lasse doch mein Küken nicht hängen."

„Ha, ha", kommentierte Michaela diese neuerliche Glanzleistung an Altherrenhumor.

„Bevor wir das weitermelden will ich sichergehen, dass wir es hier auch wirklich mit dem gleichen Täter zu tun haben könnten", entschied Edelmann. „Wir müssen die Ehefrau befragen."

„Soll ich sie anrufen?", wollte die Kommissarin wissen.

„Nein, ich schicke jemanden los, um sie zu uns zu bringen. Das ist effektiver."

***

Eine Stunde später saß Edith Grünspecht, die Ehefrau des Virologen, unter Wahrung der Abstands- und Hygieneregeln im Büro der Mordkommission und beantwortete mit angespannter Fassung die Fragen des Ermittlerduos.

„Mein Mann erzählte mir in den vergangenen Monaten mehr von seiner Arbeit als sonst. Das ist ja auch nicht verwunderlich, wo doch im Moment ganz Deutschland kein anderes Thema kennt, als das verfluchte Virus. Für uns hatte das sogar einen schönen Effekt. Wir kamen einander näher und teilten gerade jetzt im Lockdown mehr Zeit."

„Wo sind Sie tätig?", fragte Michaela.

„Ich bin ... also ich war ... Grundschullehrerin", antwortete Frau Grünspecht. „Vor zehn Jahren bin ich jedoch krank geworden und ging in den Vorruhestand. Mit dem Gehalt meines Mannes war dies für uns kein Problem."

„Welche Krankheit machte sie berufsunfähig?", fragte Michaela weiter.

„Burn-out", sagte die Witwe. „Mir wurde einfach alles zu viel."

„Das hört man häufiger", stellte Edelmann fest. „Der Lehrerberuf ist eine Knochenmühle, die ein enormes Stresslevel mit sich bringt."

„Ja, auch das", antwortete Frau Grünspecht und biss sich danach auf die Lippe.

„Wie meinen Sie das?", hakte Michaela sogleich ein.

Nun sickerten doch einige Tränen über die Wangen der Frau. Die Kommissarin war sich sicher, hiermit einen wunden Punkt getroffen zu haben.

„Mein Klaus-Dieter ist mir nicht immer treu gewesen", sagte sie nach einer Pause, in der sie sich in ein Taschentuch geschnäuzt hatte. „Er war schon ein ziemlicher Playboy, als ich ihn damals kennengelernt habe. Wir haben dennoch geheiratet. Ich kam damit klar, dass ich ihn nicht für mich alleine haben konnte."

„Was hat denn vor einem Jahrzehnt zu der Änderung Ihrer Gefühlslage geführt?", fragte Michaela mit professioneller Gefühlskälte in ihrer Stimme.

„Er hat es total übertrieben", antwortete die Witwe unter Tränen. „Wenn er mal eine Sekretärin oder Studentin verführte, dann habe ich nichts gesagt. Auch die wenigen Kolleginnen, mit denen er verkehrte, waren mir egal. Damals jedoch war es ein Schulmädchen. Sie war nicht mal 18. Das war mir zu viel."

„Und Sie haben sich nicht von ihm getrennt?", wollte die Kommissarin wissen.

„Nein, wir waren ja verheiratet", entgegnete die Witwe. „Mir als gläubiger Katholikin wäre so etwas im Traum nicht eingefallen. Außerdem hat er sich dafür auch bei mir entschuldigt und danach wurde es wieder besser. Wie gesagt, gerade im Lockdown, aber eigentlich schon während der ganzen Pandemie, standen wir uns sehr nahe."

„Ist das der Grund, warum Sie erst um ein Uhr nachts die Polizei gerufen haben, um nach Ihrem Mann zu suchen?", fragte nun Rüdiger Edelmann, dessen messerscharfe Analyse seine jüngere Kollegin sogleich beeindrucken würde.

„Ja, das ist richtig", antwortete Edith Grünspecht.

„Sie vermuteten also, dass Ihr Ehemann wieder fremdgehen würde, und dachten, dass er deshalb zu spät nach Hause kommt", sagte der Kriminalhauptkommissar.

„Das ist richtig", entgegnete sie. „Wir waren wieder sehr eng miteinander. Es ging uns gut. Ich vermutete aber, dass Klaus-Dieter einfach in den Armen einer Anderen sein wollte und deshalb nicht vom Joggen nach Hause kam. Ich blieb wach und wartete auf ihn. Als er dann jedoch fast drei Stunden zu spät dran war, rief ich die Polizei."

„Hatte Ihr Mann irgendwelche Feinde?", hakte nun Edelmann nach.

„Er erhielt einige Morddrohungen, wegen seiner Empfehlungen", sagte Frau Grünspecht. „Ausschließlich per E-Mail. Er machte sich darüber nur lustig und meinte im Scherz, dass er nun endlich einmal die gebührende Anerkennung für seine Forschungen erhalten würde. Alle Drohungen speicherte er in seinem Mailkonto ab. Wollen Sie sie sehen?"

„Ja, wir sollten sie uns auf jeden Fall ansehen", erwiderte der Polizist. „Der Täter ist womöglich unter den Absendern zu finden."

***

Der Arbeitslaptop des Professors war noch recht schnell beschafft, jedoch hatte die Witwe keinen Zugang. Es kostete Michaela etliche Telefonate, bis sie die Privatnummer des Abteilungsleiters des IT-Servicecenters der Universität des Saarlands erhielt, diesen von ihrer Berechtigung überzeugte und ihm das hochheilige Versprechen abnahm, den Computer bis zum nächsten Morgen freizuschalten.

Es war 20 Uhr, als Rüdiger Edelmann seine jüngere Kollegin regelrecht aus dem Büro warf. Damit hatte er recht, wie sie selbst befand. Irgendwann brummt auch dem besten Ermittler nur noch der Kopf. Dann gilt es einfach nach

Hause zu fahren und sich eine Mütze voll Schlaf zu gönnen.

Michaela Burghardt wohnte weiterhin in der kleinen Wohnung am Stadtrand von Saarbrücken, in die sie nach der Trennung von ihrer Jugendliebe eingezogen war. Die Einliegerwohnung im Parterre eines frei stehenden Einfamilienhauses entsprach eigentlich überhaupt nicht den Ansprüchen der jungen Frau. Sie war zu klein, zu laut und überdies nicht gerade verkehrsgünstig gelegen. Die Wohnung kostete jedoch relativ wenig und konnte schnell bezogen werden. Beides waren Argumente, welche seinerzeit den Ausschlag gegeben hatten. Nun stellte die Polizistin ihren alten, grünen Renault ab und ging auf den Besucher zu, der auf den Stufen zum Haus auf sie wartete.

„Jerome?", fragte Michaela.

„Hallo. Schön dich zu sehen."

„Was willst du denn hier?"

„Ich war hier in der Gegend bei einem Freund und dachte mir, ich schaue mal vorbei. Ich vermutete, dass du bald nach Hause kommen würdest, und dann habe ich dein Auto gesehen."

„Wir haben eine Pandemie und du gehst auf Besuchstour?"

„Es ist regelkonform", erwiderte der Mann. „Nur eine Person darf einen fremden Hausstand besuchen."

„Schon gut", sagte Michaela. „Du hast aber noch nicht erklärt, was du willst."

„Wie gesagt, ich möchte mit dir reden. Ich vermisse dich."

„Das hatten wir doch bereits, Jerome", entgegnete die junge Frau. „Was soll das noch bringen?"

„Nur zum Kontakthalten und zum Austausch ... du triffst sicherlich im Moment auch weniger Leute."

Michaela schaute sich um. Dann blickte sie mit schräg stehendem Kopf von unten zu Jerome hinauf.

„Wie lange stehst du wirklich schon hier?"

„Etwa eine dreiviertel Stunde."

„Und du willst nur reden?"

„Ja."

Erneut schaute sich die junge Frau um. Dann fasste sie einen Entschluss.

„Also gut. Komm mit rein."

Kapitel 11 – Kniefall

Der Mann nickte. Sein Gegenüber hatte recht. Die aufkeimende Paranoia galt es als ungerechtfertigt abzutun. Die Ereignisse der vergangenen Tage erschienen ihm nun in einem gänzlich positiveren Licht. Der Gesprächspartner hatte bewiesen, dass seine Vertrauenswürdigkeit und Verschwiegenheit sprichwörtlich sein konnten. Auf sein Wort war Verlass. So wie man es in einer jahrzehntealten Männerfreundschaft erwarten durfte.

„Danke", sagte der Mann, dessen gefärbte, dunkelbraune Haare über sein tatsächliches Alter hinwegtäuschen sollten. „Du bist ein guter Freund."

Der andere lächelte, stieg in sein bereitstehendes Auto, startete den Motor und verließ die Tiefgarage des Gebäudes. Der Mann blickte dem Fahrzeug nach, wie es an den leeren Parkplatzreihen vorbeifuhr und atmete erleichtert durch. Er hatte sich einfach wieder einmal zu viele Sorgen gemacht. Er war nicht betroffen. Er, der Ende März dieses Jahres zu den ersten COVID-19-Patienten gehört hatte, die von der Intensivstation entlassen worden waren.

Nun verspürte er wieder jenen Drang zu leben. Er wollte sein Dasein umarmen und mit allen Sinnen erfassen. So wie man es seiner Ansicht nach insbesondere in den Armen einer Frau zu erfahren vermochte. Einer schönen Frau. Einer schönen, jungen Frau. Oder besser noch, einer schönen Jungfrau.

Er erinnerte sich an die Ersten Male, die er in seiner Jugend einigen Mädchen beschert hatte. Durch ihn wurden aus diesen blutjungen Dingern echte Weiber. Damit verflog jedoch zugleich auch der Reiz. Eine hatte er behalten und mit dieser eine kleine Familie gegründet. Die gegenseitige Lust schlief allerdings mit den Jahren mehr und mehr ein. Die Erfüllung seiner Begierde stillte die Ehe nicht.

Glücklicherweise war er wohlhabend. Durch Arbeit, Erbschaft und Heirat nannte er ein stattliches Vermögen sein Eigen. Damit bekam er die Chance zu seiner Befriedigung zumindest einige wenige Male im Jahr. Kongressreisen boten einen willkommenen Anlass. Seine Zunft nutzte derlei Angebote ohnehin viel zu selten, wie er bei jeder sich bietenden Gelegenheit zu betonen pflegte. Als Teilnehmer und Sprecher war er vor allem nach Osteuropa gereist. Auch in Afrika und Asien gab es für ihn Möglichkeiten. Die Gebühr für die Vermittlung einer passenden Gespielin war dabei sehr unterschiedlich. Je nach Land und Schönheit des Mädchens gingen so bisweilen etliche tausend Euro über den Tisch. Für ihn lohnte sich diese Ausgabe jedes Mal. Zugegeben, bei einigen Mädchen mochte er sich der Jungfräulichkeit nicht ganz sicher gewesen sein, doch das durfte man eben nicht hinterfragen, sonst verdarb es den Spaß.

Dass entgegen der Erfahrung in seiner Jugend die Mädchen keine große Freude verspürten, mit ihm jenes Erlebnis zu teilen, war ein Umstand, an den er seine Gedanken nicht mehr verschwendete. In seltenen Fällen gelang es ihm zwar auch heute noch, eine inländische Gespielin für seine Fantasien zu finden, doch dies waren allesamt echte Ladenhüter. Andere Wege, hierzulande an junges Fleisch zu kommen, hatte er ausprobiert. Den damit verbundenen Ärger wollte er sich lieber ersparen. Beim letzten Mal war es ausgesprochen schwierig gewesen, da wieder herauszukommen.

Zudem nagte die Befürchtung an ihm, er könnte nicht der Einzige sein, der über Leichen geht.

Seine Schritte trugen ihn nun zu seinem Automobil. Die Limousine entsprach seiner Position und dem von ihm geschätzten Lebensstil. Noch gute 20 Meter trennten ihn von dem metallicschwarzen Lack der Fahrertür. Da verlosch mit einem Mal die Beleuchtung der Tiefgarage.

Der Mann fluchte innerlich. Das Treffen hatten sie ob des delikaten Themas nicht über eine Videokonferenz angehen wollen. Es musste so spät sein, damit niemand mehr hier war. Vor einer Kontrolle der nächtlichen Ausgangssperre hatte er keine Furcht. Das brachte sein Amt mit sich. Doch an die Zeitschaltuhr der Tiefgarage hatte er nicht gedacht. Gab es so eine überhaupt? Das Notlicht leuchtete jetzt zwar, jedoch fiel es ihm mit seiner Nachtblindheit ausgesprochen schwer, sich zurechtzufinden. Langsam setzte er seinen Weg fort.

***

Es war nicht mehr sein erstes Mal. Er merkte, dass sich mittlerweile Routine bei ihm einstellte.

Das Ziel zeigte sich desorientiert. Der Stromausfall kam wie geplant. Auch sonst schien eine höhere Macht seine Absicht gut zu heißen. Alles verlief für ihn besser als erhofft. Und er verfügte über eine hervorragende Dämmerungssicht.

Schnell rannte er um den Pfeiler der Tiefgarage herum. Das Ziel reagierte auf die eiligen Schritte. Es konnte sich gerade noch auf den Angreifer zudrehen, da traf es ein krachender Faustschlag am Solarplexus und raubte ihm die Luft.

Mit der Rechten packte er das Ziel am Nacken, während die Linke dessen rechte Ellbogenbeuge zu fassen bekam. Er drehte sich mit der Hüfte an es heran. Eine sichelnde Rückwärtsbewegung des rechten Beins brach den letzten Widerstand des Ziels und es wurde in einer kreisförmigen Bewegung zu Boden geworfen.

Hart schlug der Körper auf dem Beton auf. Die Luft entwich in einem deutlichen Stöhnen. Während er sich nun mit beiden Händen am rechten Arm des Ziels festhielt, tat er einen Schritt mit dem rechten Bein über es hinweg. Dann ließ er sein rechtes Knie, beschleunigt vom ganzen Körpergewicht, auf den am Boden liegenden Kopf fallen. Nach dem Treffer spürte er keine

Bewegung mehr unter sich. Er richtete sich auf, drehte sich in die andere Richtung und ließ sich nun mit dem linken Knie auf das Haupt des Ziels hinabfallen. Den Kniefall vollführte er zur Sicherheit noch einige Male. Die in einer Blutlache liegende Leiche blieb zurück, nachdem er sich versichert hatte, dass diese wirklich nicht mehr atmete.

Kapitel 12 – Böses Erwachen

31. Dezember 2020, 05:58 Uhr

Michaela Burghardt blickte auf die Digitalanzeige des kleinen Radioweckers und schaltete diesen aus, noch bevor das Gerät sein Weckprogramm starten konnte. Mit aus dem Bett hängendem Arm tat sie auf dem Bauch liegend zwei Atemzüge in den Brustkorb. Dann betätigte sie den Knopf am Standfuß und die Nachttischlampe erfüllte ihr Schlafzimmer mit einem schwachen, orangenen Lichtschein.

Nun drehte sie sich zu den rhythmischen Geräuschen neben ihr um. Jerome Bernard lag dort und schlief jenen atombombensicheren Schlaf, den sie von ihm kannte. Sie ertappte sich dabei, wie sie seine Gesichtszüge studierte und die durch den kurzen Vollbart gekennzeichnete Kinnpartie wieder einmal als ausgesprochen männlich identifizierte.

Die Decke verhüllte Jeromes Körper nur bis unter die Achseln, sodass sie seine breiten Schultern und in Ansätzen die muskulöse Brust zu erkennen vermochte. Gedankenverloren hob sie vorsichtig den Stoff über ihrem Bettgefährten an und genoss den Anblick jener durchtrainierten Figur, welcher er so manches Angebot als Fotomodell zu verdanken hatte. Ihr Blick blieb an einer Stelle hängen, die in der zurückliegenden Nacht einen entscheidenden Anteil an ihren Erlebnissen gehabt hatte.

Mit diesem Mann war sie bereits fertig gewesen. Eigentlich wollten sie ja nur reden. Das hatten sie auch getan. Sehr ausgiebig sogar. Zunächst während sie zusammen eine Fertigpackung Makkaroni mit Käsesoße zubereitet und verzehrt hatten. Es ging um den Kampfsport, das Training und wie schwer es im Lockdown war, sich zu motivieren. Sie sprachen über seine Arbeit, ihre Arbeit und natürlich die Corona-Pandemie. Die zurückliegende Beziehung sparten beide aus. Michaela vermochte jetzt nicht zu sagen, ob sie dies bewusst getan hatte. Jerome zeigte jedoch auch keine Ansätze, darauf zu sprechen zu kommen. Ihre Unterhaltung blieb dadurch auf jeden Fall angenehmer.

Es wurde später und später. Schließlich konnte man von der Uhr ablesen, dass die Ausgangssperre schon längst galt. Als der Mann darauf hinwies, war es die Blondine, welche vorschlug:

„Du kannst gerne hierbleiben."

Daraufhin zeigte er sein wunderschönes Lächeln und küsste sie. Nein, das entsprach nicht wirklich der Wahrheit. Sie hatte sich ihm gleichzeitig genährt. Eng beieinander fanden sie den Weg in Michaelas Schlafzimmer und verbrachten eine ausgesprochen leidenschaftliche Liebesnacht. Die Ermittlerin gestand sich ein, dass sich ihr Körper sehr nach der Berührung durch einen Mann gesehnt hatte. Und Jerome wusste wirklich, wie dies für eine Frau erfüllend zu gestalten war.

Die Kriminalkommissarin deckte den Mann wieder zu und stieg vorsichtig aus dem Bett. Nachdem sie im Flur das Licht angeschaltet hatte, löschte sie die Nachttischlampe. Sie musste sich fertigmachen und in die Direktion. Der Kampfsport- und Fitnesstrainer arbeitete für gewöhnlich nicht so früh und im Moment sahen seine Aufträge ohnehin recht mau aus, wie er ihr erzählt hatte.

Die junge Frau nahm sich ihre Kleidung mit ins Bad und sprang unter die Dusche. Normalerweise bevorzugte sie dies abends zu tun. Der Besuch und die gemeinsamen Aktivitäten hatten sie jedoch davon abgehalten. Während das Wasser über ihren Körper lief, begann in ihrem Geist eine bizarre Gerichtsverhandlung.

Die Vorsitzende Richterin, Michaela Burghardt, die Vertretung der Staatsanwaltschaft, Michaela Burghardt, die Verteidigerin Michaela Burghardt und als Angeklagte fand sich die junge Frau ebenfalls dort wieder. Die Vorwürfe lauteten auf unbeständiges Liebesleben, mangelnde Entschlossenheit und beginnendes Schlampentum. Im Gerichtssaal saß nur ein Zuschauer. Dieser war Jerome.

***

Richterin: „Die Anklage hat das Wort."
Staatsanwältin: „Die Angeklagte hat in der vergangenen Nacht mit ihrem Ex-Freund geschlafen, obwohl sie keinerlei Interesse daran hat, mit ihm wieder eine feste Beziehung aufzunehmen."

Verteidigerin: „Einspruch, Frau Vorsitzende! Die Vertreterin der Staatsanwaltschaft kann nicht wissen, dass nicht doch die Absicht bestand, erneut eine enge Bindung einzugehen."

Staatsanwältin: „Die einzige enge Bindung konnte hier in körperlicher Hinsicht beobachtet werden. Ganz davon abgesehen, habe ich genauso viel Einblick in die Gefühlswelt und Absichten der Angeklagten wie Sie, Frau Anwältin. Immerhin bin ich ihr schlechtes Gewissen."

Verteidigerin: „Darauf sind Sie am Ende auch noch stolz?! Wir leben im Jahr 2020. Da ist es vollkommen in Ordnung, wenn eine junge Frau mit vielen Männern schläft."

Staatsanwältin: „Sollte dies so sein, müssten wir diesen Prozess nicht führen! Die Angeklagte hat jedoch gar kein Interesse daran, ständig wechselnde Partner zu haben. Sie sehnt sich nach eigenem Bekenntnis nach einem festen Freund und künftigen Kindsvater. Dieser soll sie halten und schätzen. Aufgrund von anderen Prioritäten schafft sie es nur nicht, diesen zu finden. Stattdessen lag sie in den Armen eines – zugegebenermaßen gutgebauten – begriffsstutzigen Fitness-trainers, mit dem sie unter gar keinen Umständen ihr Leben teilen möchte!"

Richterin: „Ist das wahr, Angeklagte?"

Es herrscht Schweigen im Gerichtssaal.

Richterin: „Antworten Sie bitte auf meine Frage: Ist das wahr?!"

Angeklagte: „Ja, Frau Vorsitzende. Es ist bedauerlicherweise die Wahrheit."

Staatsanwältin: „Da! Da haben wir es! Ein klares Geständnis. Wir können uns die weitere Verhandlung sparen. Ich fordere ein hartes und gerechtes Urteil. Die Höchststrafe ist angemessen."

Verteidigerin: „Einspruch! Auf gar keinen Fall! Es muss für uns alle doch erkennbar sein, dass in der Ausnahmesituation der Corona-Pandemie und bei der beruflichen Belastung durch die Aufgabe in der Mordkommission für die Angeklagte keine andere Möglichkeit besteht. Sie hat weibliche Bedürfnisse. Diese gilt es zu stillen. Sie fortwährend zu ignorieren ist psychisch und physisch ungesund. Das weiß hier hoffentlich jeder von uns."

Staatsanwältin: „Dann soll uns die Angeklagte sagen, wie sie sich nach dieser freizügigen Nacht fühlt. Geht es ihr besser oder plagen sie Schuld-

und Schamgefühle? – Angeklagte! Beantworten Sie uns die Frage: Fühlen Sie sich nach diesem Bettabenteuer besser?"

Die Angeklagte schaut zunächst zum Ein-Mann-Publikum, der mit seinem flehenden Hundeblick sehr einsam im Gerichtssaal sitzt, dann dreht sie sich zur Richterin.

Richterin: „Bitte beantworten Sie die Frage, Angeklagte!"

Angeklagte: *leise* „Ich fühle mich nicht gut nach dieser Nacht."

Staatsanwältin: „Bitte lauter!"

Angeklagte: „Ich fühle mich wie die letzte dumme Kuh! – Jetzt macht sich der Kerl wieder Hoffnungen, dabei ist er wirklich nichts für eine feste Beziehung. Ich will nicht mit einem hübschen Doofen zusammen sein."

Die Angeklagte dreht sich zum Zuschauer, der nun wie ein Häufchen Elend in sich zusammengesunken ist.

Angeklagte: „Es tut mir leid."

Die Verteidigerin schlägt die Hände über dem Kopf zusammen, während die Staatsanwältin ein bereites Grinsen zeigt.

Richterin: „Angeklagte! Stehen Sie auf! – Ich verurteile Sie gemäß der Gesetzgebung ihrer Moralvorstellung zur vorgesehenen Höchststrafe! – Sie werden hiermit dazu verpflichtet, Jerome Bernard unverzüglich darüber zu informieren, dass Sie kein Interesse an ihm haben und dass er sich fortan von ihnen fernhalten soll.

Zuschauer! Sie folgen mir bitte anschließend in meine Amtsstube ins Gedächtnis, damit wir die Erfahrungen an gewisse partnerschaftliche Aktivitäten zwischen Ihnen und der Angeklagten passend zu den Akten geben können. Vielleicht müssen diese in einsamen Nächten erneut eingesehen werden.

Die Verhandlung ist damit geschlossen!"

Ein Hammer knallt auf den Tisch der Richterin.

***

Viel zu schwungvoll knallte der Brausekopf in seine Halterung. Michaela zuckte ob dieses Geräuschs zusammen und hoffte, dass sie damit Jerome nicht geweckt hatte. Diese Befürchtung verwarf sie jedoch sogleich. Sein tiefer Schlaf sollte derlei ausschließen.

Sie schlüpfte aus der Duschkabine und trocknete sich ab. Dabei lenkte sie die Gedanken von der bevorstehenden, vermutlich ausgesprochen unschönen Szene ab, zu der sie sich selbst verurteilt hatte. Dafür kramte sie in ihren Erinnerungen und fügte all ihre entscheidenden Erfahrungen in Beziehungsdingen zu einem Bild zusammen.

Mit dreizehn Jahren hatte sie das erste Mal einen Jungen geküsst. Unsterblich verliebt war sie gewesen. Drei Wochen später musste sie beobachten, wie dieser bei einer Klassenfahrt eine Klassenkameradin küsste. Damit war es aus. Der Name des Burschen wollte ihr nicht mehr einfallen, aber an die Tussi konnte sie sich noch gut erinnern. Sofie Frei hieß sie. Dass sie diesem Luder über den Weg laufen konnte, war ausgeschlossen. Kein halbes Jahr später beging das Mädchen Selbstmord. Sie sprang in die Saar und ertrank. Man erzählte sich, dass sie depressiv gewesen sei, weil sie Sex mit älteren Männern gehabt hätte, welche sonst jedoch nicht weiter an ihr interessiert waren. Für Michaela war dieser erste Ausflug ins Liebesleben eine entscheidende

Erfahrung. Sie empfand es als Warnung, potenzielle Partner allzu leichtfertig zu wählen.

Kurz vor ihrem achtzehnten Geburtstag kam sie mit ihrem festen Freund zusammen. Er musste fast drei Monate um sie werben, bevor sie ihn das erste Mal küsste. Andere Verehrer verschreckte sie in den Jahren zuvor entweder durch ihre Dominanz oder gab ihnen einen Korb. Bei jenem jungen Mann, der unwesentlich älter war, fühlte sich das Zusammensein vollkommen richtig an. Nicht nur Michaela glaubte, dass sie mit ihm eines Tages vor dem Traualtar stehen würde.

Dann kam ihr Stress durch das Polizeistudium und den Berufseinstieg mit seinen Karriereplänen zusammen. Zuletzt stritten sie sich mehr, als die gemeinsame Zukunft zu planen. Die Trennung erfolgte unter vielen Tränen und mit lautem Geschrei. Dabei warfen sie sich wechselseitig vor, egoistisch zu sein. Aus der Retrospektive vermochte Michaela zu sagen, dass sie beide zu gleichen Teilen schuld am Scheitern ihrer Beziehung gewesen waren.

Nach dem Ende der Partnerschaft blieb eine deutliche Leere in ihrem Leben zurück. Sie kam zu der Überzeugung, dass sie einen Mann brauchte, welcher für sie zurückstecken konnte. Verbunden mit dem Ausblick auf seinen Körperbau und einer Sehnsucht nach Nähe, erschien Michaela deshalb Jerome ein passender Kandidat zu sein. Im Nachhinein betrachtet, hatte sie ihn viel zu schnell in ihr Leben gelassen. Der Fitnesscoach mochte für eine heiße Affäre gut sein, doch er entsprach so überhaupt nicht dem Niveau, welches sie sich für den Vater ihrer ungeborenen Kinder wünschte.

***

Mittlerweile war die Kommissarin angezogen und hatte sich in ihrer kleinen Küche ein Müsli gemacht. Im Stehen nahm sie ihr Frühstück ein und blickte dabei durch das geschlossene Fenster auf die Straßen des winterlichen Saarbrücken. Eine erwachsene Frau, die vor besonderen beruflichen Herausforderungen stand, brauchte kein Chaos in ihrem Liebesleben. Es galt reinen Tisch zu machen. Sie musste Jerome erneut das Herz brechen. Dieses Mal jedoch nachhaltig. Er sollte nicht noch einmal versuchen, sie zurückzugewinnen. Das war sie ihm schuldig. Immerhin wurde auch er nicht jünger und wollte ja ebenfalls eine Partnerschaft fürs Leben finden.

Michaela stellte ihre Müslischale und den Löffel in die Spülmaschine. Danach ging sie Zähneputzen. Sie benutzte an diesem Morgen sogar Zahnseide. Die Aussicht darauf, einem an und für sich lieben Kerl das Herz herauszureißen, trieb sie zu jeder möglichen Verzögerungshandlung.

Schließlich ging sie in ihr Schlafzimmer und schaltete das Licht an. Es kostete sie dennoch einiges an kräftigem Schütteln, um den Liebhaber der vergangenen Nacht wach zu bekommen.

„Guten Morgen, ma chérie", grüßte ein verschlafener Mann mit einem bezaubernden Lächeln im Gesicht.

„Jerome, lass es mich kurz machen: Es war eine dumme Idee von mir, dich gestern Abend reinzulassen. ..."

Kapitel 13 – Morddrohungen

31. Dezember 2020, 07:23 Uhr

Die Affäre der letzten Nacht hatte Michaela schnellstmöglich aus ihrer Wohnung hinausbefördert. Zu ihrer Überraschung nahm der junge Mann dies auffällig gut auf. Jerome sagte fast kein Wort. In wenigen Sätzen bestätigte er, dass er es verstanden habe, und wünschte ihr zum Abschied alles Gute für ihr weiteres Leben.

Nun steuerte die Kriminalkommissarin ihren Wagen durch das immer noch in winterlicher Dunkelheit liegende und nur langsam erwachende Saarbrücken. Zwischen den Jahren ging es auch in der Saarmetropole etwas geruhsamer zu. Der aktuelle Lockdown entschleunigte das öffentliche Leben weiter. Viele Berufspendler arbeiteten seit Monaten von zu Hause aus und heute, am letzten Tag des Jahres, hatten ohnehin fast alle Urlaub.

Umso überraschender war es für Michaela, am Landgericht vorbeizufahren und dort ein Großaufgebot an Blaulicht zu sehen. Neben zwei Streifenwagen stand hier auch ein Rettungswagen, der in diesem Moment ohne Sirene und mit wieder ausgeschaltetem Signallicht den Einsatzort verließ.

Einen kurzen Augenblick überlegte Michaela, anzuhalten und sich nach dem Vorfall zu erkundigen. Den Gedanken verwarf sie jedoch sogleich. Zum einen hatte sie einen Fall, der sie vollauf band und zum anderen wollte sie heute möglichst früh im Büro sein. Ein Berg mit Recherchearbeit lag vor ihr und außerdem entwickelte sich gerade eine Theorie in ihrem Kopf, welche sie Rüdiger und den übrigen Sokokollegen gut aufbereitet bei der ersten Tagesbesprechung präsentieren wollte.

Tief in die dafür notwendigen Gedanken versunken, betrat sie das Präsidium, fand geradezu traumwandlerisch den Weg zu ihrem Büro und blieb vor dem großen Whiteboard an der Wand stehen. Noch bevor sie ihren PC hochfuhr oder auch nur daran dachte, die stabile Outdoorjacke auszuziehen, ließ sie ihren Blick über die darauf vermerkten Notizen und die Bilder der Toten und Verdächtigen schweifen. In ihrem Kopf formten sich die Gedanken, mit denen sie sich nun schon seit einer Stunde intensiv beschäftigte, zu erklärbaren Zusammenhängen.

Dieser Fall hatte bisher drei Mordopfer zu verzeichnen. Alle Morde wurden abends während der nächtlichen Ausgangssperre begangen und das an drei aufeinanderfolgenden Tagen. Die Opfer galten als angesehene Mitglieder der Gesellschaft und waren überzeugte Vertreter von radikalen oder zumindest strengen Schutzmaßnahmen zur Eindämmung der Corona-Pandemie. Alle hatten sich bei den Kritikern dieser Maßnahmen nachhaltig unbeliebt gemacht. Der oder die Täter nutzten für die Morde letale Nahkampftechniken beziehungsweise beförderten ein Opfer mit Kampfkunsttritten in die Saar. Sollte es sich nicht um eine Verschwörung von mehreren Kampfsportexperten oder durchgeknallten Meistern handeln, so war davon auszugehen, dass der Täter über eine erhebliche Erfahrung in den Kampfkünsten verfügen musste.

Drei Verdächtige hatten sie und ihr Partner sowie die Soko bisher ermittelt. Arthur Ross, Mario Longini und seit gestern noch Anton Kurz. Den Teakwondo-Meister Kurz hatte sie eigentlich schon wieder von der Liste gestrichen. Sein Blog-

Eintrag passte zwar mit dem Tritt gegen den Kopf und der Metapher des Ertrinkens genau zum dritten Opfer, jedoch besaß dieser Verdächtige ein wirklich hieb- und stichfestes Alibi. Wie die Ermittlungen der Soko ergeben hatten, lag der 54 Jahre alte Kampfsportler seit dem vergangenen Wochenende auf der Intensivstation und kämpfte mit den schweren Auswirkungen einer Covid-19-Erkrankung. Wenn er auch nicht in Lebensgefahr schwebte, so war er doch kaum in der Lage selbstständig zur Toilette zu gehen und schied damit als Täter aus.

Michaela kräuselte die Nase und zog nun, weiter in Gedanken, ihre Jacke aus, hängte diese auf und schaltete auch den Arbeitsplatzrechner an. Es galt das Augenmerk auf Details zu lenken. Hierin vermutete sie den Schlüssel zur Lösung des Falls. Zu ihrem Missfallen konnten keine Spuren an den Tatorten sichergestellt werden. Einzig die Todesursache und die dabei angewendeten Techniken waren sehr präzise zu ermitteln. Allein dieser Umstand erschien ihr nach wie vor ausgesprochen bemerkenswert. Wie konnte es ein Täter, der so nahe an seine Opfer heran musste, nur derart effektiv vermeiden, irgendwelche Spuren zu hinterlassen? Michaela erschien dieser Punkt absolut unwahrscheinlich. Es gab immer etwas zu entdecken. Ein Haar, eine Textilfaser, ein Schuhabdruck, kurz: irgendetwas, womit man einen Hinweis in der Hand hatte und weitersuchen konnte.

Als die Kriminalkommissarin Schritte auf das Büro zuhalten hörte, riss sie dies aus ihren Gedanken. Frau Olschefski, eine der beiden Sekretärinnen der Mordkommission, betrat den Raum. Sie war für gewöhnlich immer die Erste am Arbeitsplatz und so verwunderte es Michaela auch nicht, dass sie nach dem gestrichenen Urlaub ebenfalls wieder so früh in der Dienststelle ihrer Tätigkeit nachging.

„Guten Morgen", grüßte die Kommissarin zuerst.

„Guten Morgen", erwiderte ihr Gegenüber. „Rüdiger hat gerade angerufen und sich krankgemeldet. Verdacht auf Corona."

„Oh!"

„Ja. ... Er will bald einen Schnelltest machen und meldet sich dann wieder. Ich habe vorsorglich für die Mordkommission Testkapazitäten angefordert. Vielleicht müssen wir ja selbst umgehend zum Test. Er bleibt auf alle Fälle mal daheim. Damit bist du nun wohl die Soko-Chefin."

„Na, Mahlzeit", dachte sich Michaela.

***

Erster Kriminalhauptkommissar Schröder bestätigte Michaelas Leitungsbefugnis und die Blondine stürzte sich sogleich mit noch mehr Einsatz in die Arbeit. Sie war gerade dabei, ihre Präsentation für die Dienstbesprechung zu erstellen, da kam Martin, ein der Soko zugeteilter Kollege der Drogenfahndung zu ihr ins Büro.

„Ich glaube, wir haben einen Weiteren", sagte der Mittdreißiger.

„Einen Weiteren was?", fragte die Kriminalkommissarin.

„Einen weiteren Toten, ein weiteres Opfer unseres Martial Arts Killers", antwortete Martin und klang dabei so, als ob er die Namensgebung für die Soko nicht guthieß. „Es ist der Präsident des Landgerichts, Jürgen Ginzel. Er wurde heute früh mit eingeschlagenem Kopf in der Tiefgarage des Gerichts gefunden. Die Leiche ist zwar noch bei der Gerichtsmedizin, aber ich sage dir, der gehört zu unserem Fall."

„Warum bist du dir da so sicher?"

„Weil Ginzel sich mehrfach öffentlich gegen die Kollegen bei den Verwaltungsgerichten geäußert hat, die Anti-Corona-Maßnahmen von Städten oder Landkreisen einkassieren wollten. Auch er hat in den vergangenen Monaten Morddrohungen erhalten. Ich habe gestern einige der öffentlichen Drohungen in Chatgruppen geclustert. Dabei ist mir aufgefallen, dass ich einen Nutzer ausfindig machen konnte, der die drei ersten Opfer tot sehen wollte. Gerade habe ich dessen weitere Bedrohungen recherchiert und rate mal, wer noch auf der Liste seiner zum Tode verurteilten Personen stand?"

„Der Präsident des Landgerichts Ginzel", stellte Michaela fest.

„Ganz genau. Ich habe gerade ermittelt, wie wir auf den Betreiber zugehen, um an die Identität des Nutzers zu kommen. Das könnte unser Täter sein."

„Sehr gut, Martin!", lobte die Kriminalkommissarin den älteren Kollegen. „Damit haben wir eine Spur. Außerdem: Wenn er in der Tiefgarage ermordet wurde, dann sollte es doch Aufnahmen der Überwachungskameras geben. Darauf könnte der Täter zu sehen sein. Haben wir die schon angefordert?"

„Ja, aber hier gibt es ein Problem ...", weiter kam der Mann nicht, ehe ihn eine andere Stimme unterbrach.

„Kommt mal schnell!", rief ein Kollege von der Tür des Besprechungsraums aus. „Die bringen etwas zu unserem Fall im Fernsehen."

Aus allen Büros auf dem Gang strömten die Soko-Mitarbeiter in das geräumige Dienstzimmer. Michaela vermochte einen der vorderen Plätze zu ergattern. Nach ermahnenden Rufen mehrerer Beamter wurde es so still, dass auch sie den Ausführungen des Nachrichtenreporters folgen konnte. Der Mann mit dem markanten Kinn und den dunkelbraunen Haaren stand vor dem Gebäude des Landgerichts. Immer wieder wurden seine Berichte mit Aufnahmen des keine zwei Stunden zurückliegenden Polizeieinsatzes hinterlegt.

„... ist nun aus gut unterrichteten Kreisen der Polizei an die Medien herangetragen worden, dass es sich bei Jürgen Ginzel, dem Präsidenten des Saarbrücker Landgerichts, um das vierte bekannte Opfer des sogenannten Martial Arts Killers gehandelt haben muss. Hierfür sprechen der rekonstruierte Tathergang und die Haltung des Toten zu den Corona-Maßnahmen.

Ginzel galt als Befürworter der Reglementierungen und forderte mehrfach öffentlich deren Unterstützung durch die Verwaltungsgerichtsbarkeit. Am gestrigen Abend wurde er offenbar durch mehrere, brutale Kniestöße gegen seinen Kopf zu Tode gebracht. Die Experten der Polizei versichern uns, unter vorgehaltener Hand, dass hierzu nur ein ausgewiesener Nahkampfexperte in der Lage ist. Die Hoffnung, diesen auf den Aufnahmen der Überwachungskameras im Landgericht direkt bei der Tat zu sehen, haben sich mittlerweile zerschlagen. Ganz offensichtlich gab es in der zentralen Stromversorgung des Gerichtsgebäudes einen Kurzschluss, sodass die Beleuchtung und die Kameras für einige Zeit ausgefallen sind.

Nicht nur dort tappte man gestern Abend im Dunkeln. Der Landgerichtspräsident ist bereits das vierte zu beklagende Opfer am vierten Tag. Die Polizei hat nach wie vor keine heiße Spur und mehr und mehr verdichten sich die Hinweise auf ein terroristisches Motiv für diese Taten, welche ins Lager der radikalen Corona-Leugner ..."

Michaela hörte nicht weiter zu. Die Erkenntnis, dass eine solche Berichterstattung leicht ein Bauernopfer fordern könnte, traf sie wie der Haken eines Schwergewichtsboxers. Zumal sie zurecht annahm, dass sie dieses Bauernopfer sein würde. Wenn die Öffentlichkeit ermittlungstaktische Details vor der Leiterin der Soko erhielt, dann ... ja, dann war etwas faul im Saarland.

Kapitel 14 – Rückschlüsse

31. Dezember 2020, 10:03 Uhr

Die Dienstbesprechung der Soko Martial Arts Killer begann beinahe pünktlich. Auch ihr Chef, Herr Schröder, war dieses Mal anwesend. Zunächst tauschten die Kollegen den Stand ihrer Ermittlungen aus. Hier gab es nach wie vor noch nicht allzu viel Verwertbares zu verkünden. Alle Spuren waren lauwarm, wenn überhaupt. Der einzige Hinweis auf einen Täter, den Martin, der Kollege aus der Drogenfahndung, gefunden hatte, war gut, aber es bedurfte weiterer Ermittlungsarbeit. Das konnte noch dauern. Der Laptop des ermordeten Virologen war nun zugänglich und befand sich in der Auswertung. Der Umstand, dass ein weiterer Mord hinzugekommen war und dieser auch berücksichtigt werden musste, verbesserte die Lage ebenfalls nicht. Mit Sorge beobachtete Michaela, wie sich die Miene ihres Chefs oberhalb seiner Mund-Nasen-Bedeckung zunehmend verdunkelte. Selbst die Untersuchungen am letzten Tatort waren absolut ergebnislos verlaufen. Es gab keine Schuhabdrücke, keine

Fasern, nichts. Zwar bestätigte sich, dass offenbar die Hauptsicherung des Gerichtsgebäudes vorübergehend ausgefallen war, doch ob dies jemand absichtlich herbeigeführt hatte und vor allem wie, blieb für die Ermittler noch ein Rätsel.

„Eigentlich müssten es Mitarbeiter des Hausmeisterservice gewesen sein", erklärte die Kollegin von der Nachtschicht, die den Tatort beim Gerichtsgebäude heute früh in Augenschein genommen hatte. „Die haben als Einzige Zugang zu der zentralen Stromversorgung des Gebäudes. Auch wenn diese Spur recht unwahrscheinlich ist, holen wir uns heute noch alle für das Objekt eingeteilten Mitarbeiter der Firma, die sich im Saarland aufhalten, zum Verhör."

„Sicherlich eine vernünftige Maßnahme", kommentierte Michaela, auch um die Gesprächsführung zu behalten und ihren Chef von ihrer Kompetenz zu überzeugen. „Wie sieht es mit den Verbindungen des jüngsten Opfers zu den drei Bisherigen aus?"

„Hier habe ich etwas gefunden", meldete sich ein jüngerer Kollege aus der Wirtschaftskriminalität, der in etwa so alt wie die Kriminalkommissarin war. „Wenn bitte mal das von mir in den Ordner verschobene Bild „Frühlingsball 2018.jpeg" geöffnet wird."

Michaela, welche die Steuerung der Präsentationstechnik bewusst selbst übernommen hatte, suchte im Gemeinschaftsordner der Soko des Intranets des Präsidiums nach der genannten Datei und warf diese mittels des Beamers an die Wand des Besprechungsraums. Auf dem Bild waren mehrere Menschen ohne Mund-Nasen-Bedeckung zu erkennen. Alle trugen bessere Abendkleidung und die Damen schienen offenbar für einen Anlass von gesellschaftlicher Bedeutung zurechtgemacht. Die Lokalität, in der die Aufnahme gemacht wurde, erweckte den Anschein einer gehobenen Gastronomie oder einer entsprechenden Hotellobby. Der Boden zeigte einen blaugrauen Teppichbelag und die holzvertäfelten Türen mit vergoldeten Glaslampen ließen ein teures Ambiente vermuten.

„Die Aufnahme ist vom April 2018 und stammt vom Frühjahrsball der Landesregierung", erklärte der Beamte, „Wir sehen hier links im Bild mit den roten Kreisen kenntlich gemacht Gernot Müller, Manfred Schröder, Klaus-Dieter Grünspecht und Jürgen Ginzel zusammen mit ihren Ehefrauen."

Die Genugtuung, einen womöglich wichtigen Hinweis auf eine Verbindung der Opfer zueinander eingestreut zu haben, konnte Michaela am unter der Maske angedeuteten Grinsen des jungen Mannes festmachen. Ehe er jedoch daraus die Möglichkeit einer Schlussfolgerung abzuleiten vermochte, rief ein älterer Kollege aus der Sitte:

„Und Wolfgang war auch da!"

„Bitte?", fragte Michaela.

„Der große Herr da rechts neben den Opfern ist Wolfgang Kubek ... Landrat Wolfgang Kubek", hörte sie ihren Chef sagen. „Er ist mein Vorgänger als Leiter der Mordkommission und ein gutes Beispiel dafür, dass man es als Polizeibeamter auch in der Politik zu etwas bringen kann."

„Und das selbst nach einem unrühmlichen Abgang", ergänzte der ältere Kollege und erntete dafür einige Lacher.

„Das gehört jetzt jedoch nicht hierher", winkte der Erste Kriminalhauptkommissar Schröder ab. „Das ist zehn Jahre her und Schnee von vorgestern."

Michaela erinnerte sich, Landrat Kubek mal auf einem Wahlplakat gesehen zu haben. In besonderer Erinnerung waren er und sein politisches Wirken ihr nicht geblieben. Dafür begann ihr Gehirn nun diese Information mit ihrer gleich vorzustellenden Theorie in Einklang zu bringen. Die Vorfreude auf das hoffentlich beeindruckte Gesicht ihres Chefs ließ bei ihr den Adrenalinspiegel wahrnehmbar ansteigen. Ihre Füße vermochte sie jedenfalls kaum noch stillzuhalten.

„Wolfgang Kubek ist auch als ein Verfechter strenger Corona-Auflagen bekannt", sagte Martin, der Kollege aus der Drogenfahndung, von dem Michaela heute die Information über den Mord im Gerichtsgebäude erhalten hatte. „Bei den Online-Morddrohungen, denen ich nachgehe, taucht auch sein Name auf."

„Die Landräte des Saarlandes sind bereits unter Polizeischutz gestellt worden", erklärte Schröder. „Ebenso wie die übrigen hier im Bild zu sehenden Landespolitiker des Kabinetts von Ministerpräsident Hans, der, wie alle hier wissen, ja auch stets für ein umsichtiges Vorgehen mit der Pandemie eintritt. Das Foto zeigt uns, dass sich die Opfer kannten, was bei der Führungselite unseres kleinen Bundeslandes ja nicht gerade verwunderlich ist. Die oberen Zehntausend verkehren nun einmal gerne untereinander."

Diese Aussage ihres Chefs drohte, ihre Theorie zu gefährden. Michaela entschloss sich daher, alles auf eine Karte zu setzen. Sie holte kurz Luft, dann startete sie ihre Offensive.

„Was wäre, wenn die vier Morde überhaupt nichts mit der Corona-Pandemie zu tun hätten?"
Die Blicke der Anwesenden richteten sich auf die junge Frau.

„Wir versteifen uns meiner Ansicht nach darauf, das Motiv des Täters zu kennen", fuhr sie fort und gewann so das notwendige Selbstvertrauen für einen ruhigen und zugleich entschlossenen Tonfall. „Ich bin der Überzeugung, dass unser Mörder oder die Mörder, einen ganz anderen Grund für ihre Taten haben."

„Und welcher sollte das sein?", unterbrach sie der Leiter der Mordkommission. Damit hatte er genau den wunden Punkt ihrer Theorie erwischt.

„Das müssen wir noch herausfinden", versuchte Michaela ihre Ausführungen zu retten, was zu einigen abweisenden Körperbewegungen der anderen Soko-Mitglieder führte. „Jedoch kann man eines nicht von der Hand weisen: Die Morde erscheinen einem Drehbuch entnommen!"

Die Aussage der Kriminalkommissarin war deutlich lauter erfolgt, als von ihr beabsichtigt. Hierdurch wurde ihre Aufregung nun für alle offensichtlich.

„Wir haben öffentlich nachlesbare Hinweise auf die Mordtechniken", erklärte sie. „Bei den ersten Opfern sind diese sogar exakt auf die Personen zu beziehen und es werden uns gleich noch Verdächtige frei Haus präsentiert. Wir haben bei Gernot Müller einen MMA-Experten, der ihm indirekt androhte, ihm die Luft abzudrehen, so wie es die Pandemie mit seiner Branche macht. Ein Wing Chun-Meister sieht die Gefahr einer Weltverschwörung, die unserer freien Gesellschaft das Genick bricht, und eben dieses geschieht dem zweiten Opfer. Der rote Faden reißt erst beim dritten Toten, der laut Gerichtsmedizin mit Fußtritten zum Kopf ausgeknockt wurde und dann in der Saar ertrank. Der Taekwondo-Sportler, der es als Metapher verkündete, hat durch seine schwere Corona-Erkrankung ein hieb- und stichfestes Alibi. Unserem vierten Toten wurde laut Gerichtsmedizin der Kopf mit Kniefalltechniken tödlich verwundet. – Wie lautet noch mal die anonyme Morddrohung gegenüber Ginzel, die du im Moment untersuchst, Martin?"

Der Kollege aus der Drogenfahndung, der an dieser Spur war, zitierte mit Hilfe seiner digitalen Aufzeichnungen sogleich:

„Dieser Kniefall vor unsinnigen Regeln lässt mir noch den Kopf platzen. Wenn du da weiter mitmachst, dann pass mal auf, dass wir nicht deinen Kopf zum Platzen bringen, Ginzel!"

„Das ist eine weitere Anleitung für einen Mord", kommentierte Michaela.

„Worauf willst du also hinaus?", hakte nun ihr Chef nach. „Wir haben hier verschiedene Anhaltspunkte für unterschiedliche Tötungsdelikte an Corona-Mahnern, und weiter?"

„Das ist mir zu einfach", erwiderte die Kriminalkommissarin. „Ich denke, dass jemand diese vier Männer aus einem anderen Grund umgebracht hat und nur die Pandemie als Anlass nahm, die Taten auszuführen. Dieser Jemand ist ein erfahrener Nahkampfexperte und die verschiedenen, vorgetragenen Kritiken an der politischen Position der Toten dienten ihm als Anleitung, um die entsprechenden Mordtechniken auszuwählen. Er studierte vielleicht schon seit Längerem das Verhalten der Opfer, dann wartete er auf einen passenden Moment und schlug zu. Wir müssen uns mit dem Gedanken anfreunden, vor allem deshalb keine heiße Spur zu haben, weil wir immer noch daran glauben, das Motiv des Täters schon zu kennen."

Das deutliche Kopfschütteln ihres Chefs ließ Wut in der Magengegend der jungen Frau aufsteigen. Diese Emotion wurde zudem durch seine weiteren Ausführungen verstärkt.

„Ich glaube, du hast in letzter Zeit zu viele Krimis im Fernsehen geschaut", sagte er und das Grinsen einiger Kollegen verriet, dass sie ebenso dachten. „Einen Serienmörder, der mit soviel Hingabe und Vorbereitung arbeitet, hatten wir, seitdem ich diese Kommission leite, jedenfalls noch nie. Wir haben es mit etlichen Morddrohungen gegenüber den politisch, fachlich und organisatorisch Verantwortlichen zu tun, sodass man hier auch für den Mord mit einem Strohhalm die passende Ansage finden dürfte. Unser Täter hat mit Sicherheit nicht ganz so viel Fantasie wie du."

Michaela wollte darauf etwas erwidern, doch mittlerweile war Frau Olschefski in den Besprechungsraum gekommen und hatte Schröder einen Zettel hingehalten.

„Stell mal bitte den Kanal des SR ein, Michaela", sagte er nach flüchtiger Lektüre der Notiz zu ihr. „Unser Ministerpräsident gibt jeden Moment eine Erklärung zu den Morden ab."

Die junge Kriminalpolizistin folgte der Anweisung ihres Vorgesetzten und ging auf die Webseite des Saarländischen Rundfunks, welche sie auf den Videobeamer und die dazugehörigen Lautsprecher des Besprechungsraums übertrug.

***

Der junge Ministerpräsident des Saarlandes, Tobias Hans, trat in gewohnt dynamischer Weise an das mit Pressemikrofonen gespickte Rednerpult in der Saarbrücker Staatskanzlei. Er nickte offenbar einigen Anwesenden zu, welche nicht von der Kameralinse erfasst wurden, und sprach dann direkt zu den Zuschauern.

„Liebe Saarländerinnen und Saarländer,
seit dieser Woche wird unser Land von einer beispiellosen Gewaltserie gegen verdiente Mitglieder der Gesellschaft aus Politik, Wissenschaft und

Justiz erschüttert. Die Morde entsetzen uns aufgrund ihrer unvorstellbaren Brutalität, denn die Täter zeigen ihre Verachtung für das Leben der Opfer, indem sie mit bloßer Hand ihr Werk vollbringen.

Der Tod meines Parteifreundes Hans-Peter Schulmann traf mich persönlich besonders hart. War seine Meinung und Arbeit doch von großer Wichtigkeit in der aktuellen Situation. Auch die Tode von Gernot Müller, Professor Grünspecht und jüngst unserem Landgerichtspräsidenten Jürgen Ginzel bedeuten einen unglaublichen Verlust für das Saarland und die hier friedlich zusammenlebenden Menschen.

In mir wuchs mit jedem neuen Mordfall und jeder damit verbundenen menschlichen Katastrophe die Gewissheit, dass wir es hier nicht einfach nur mit den Taten von Wahnsinnigen zu tun haben. Diese „Martial Arts Killer", als die wir sie mittlerweile bezeichnen, sind darauf aus, unser Land mit Terror zu überziehen. Niemand, der zu den mahnenden und besonnenen Stimmen dieser Zeit gehört, soll sich nach ihrem Willen sicher fühlen können, die letzten vertretbaren Freiheiten in diesem Winter auszuleben. Was Kontakt- und

Ausgangsbeschränkungen noch zuließen, das versuchen uns die Terroristen mit ihren todbringenden Kampftechniken zu nehmen.

Als Ministerpräsident unseres Landes ist es meine oberste Pflicht, die Bürgerinnen und Bürger zu schützen. Mit den Kolleginnen und Kollegen des Kabinetts habe ich daher entschieden, dass die Morde als terroristische Anschläge eingestuft werden. Der Staatsschutz des Landeskriminalamtes und das Landesamt für Verfassungsschutz werden im Auftrag des Innenministeriums ab sofort in enger Kooperation die Hoheit über die Ermittlungen übernehmen. Sie werden ihre besonderen Befugnisse und Kompetenzen bestmöglich einbringen, um die Terrorzelle schnellstmöglich ausfindig zu machen.

An alle, die unsere freiheitlich-demokratische Ordnung in diesen Tagen zu zerstören versuchen, geht heute, in den letzten Stunden des Jahres 2020, eine deutliche Botschaft:

Glaubt nicht, dass wir wehrlos sind, nur weil wir auf Gespräche und Argumente setzen.

Glaubt nicht, dass wir einsam sind, nur weil wir in sicherer Distanz zueinander leben.

Und glaubt nur nicht, dass wir leichte Opfer sind, weil ihr einige von uns heimtückisch überfallen konntet.

Wir sind nicht wehrlos. Und das werdet ihr schon bald zu spüren bekommen. Dieses Land, diese Menschen, diese Gesellschaft werden sich verteidigen!"

Entgegen seiner sonstigen Gewohnheit, die Fragen der anwesenden Journalisten zu beantworten, verließ der Ministerpräsident des Saarlandes mit einer für ihn ebenfalls untypischen, entschlossenen Miene seinen Platz vor der Kamera.

Kapitel 15 – Terrorbekämpfung

31. Dezember 2020, 11:36 Uhr

Als „Schlapphüte" bezeichneten die Beamten der Kriminalpolizei für gewöhnlich ihre Kollegen vom Verfassungsschutz. Drei dieser Nachrichtendienstmitarbeiter tauchten in der Mordkommission auf. Ihre schwarzen FFP2-Masken ließen sie in Michaelas Augen gleich noch abweisender wirken. Mit fünfzehn Minuten Verzögerung folgten ihnen vier Kollegen der Abteilung Staatsschutz des Landeskriminalamtes.

Die neu gewonnene, vertretungsbedingte Entscheidungskompetenz der jungen Kriminalkommissarin verfloss mit einer Geschwindigkeit, die sie selbst bei der Ansprache des Ministerpräsidenten nicht für möglich gehalten hätte. Als Ansprechpartner für die Beamten aus den anderen Behörden fungierte der Leiter der Mordkommission Schröder. Michaela durfte allenfalls als bessere Assistentin handeln. Deutlich wurde dies, nachdem sie im Besprechungsraum ihre Theorie von einem unbekannten Motiv erklärt hatte. Die ranghöchste Vertreterin des Verfassungsschutzes, eine schwarz gefärbte Endvierzigerin, die sich selbst als „Frau Maier" vorgestellt hatte, schüttelte vielsagend den Kopf.

„Wir beobachten die Szene der aktiven Corona-Leugner nun schon seit einem dreiviertel Jahr", erklärte sie mit leicht näselnder Stimme. „Die Verrohung ihrer Sprache und die bei allen Anlässen stetig kommunizierten Gewalt- und Aufstandsfantasien ließen derartige Anschläge als wahrscheinlich erscheinen. Es war nur eine Frage der Zeit."

„Aber warum werden dann nur Männer in ähnlichem Alter getötet, die sich zudem noch alle untereinander gekannt haben?", warf Michaela ein. „Das ist doch sehr auffällig."

„Mitnichten", widersprach die Verfassungsschutzbeamtin. „Unsere Feindbildanalyse zeigt hier eine einhundertprozentige Übereinstimmung. Männer der Altersgruppe um die sechzig sind im Moment diejenigen, welche sich am meisten davor fürchten, schwer an einer Infektion mit dem neuen Virus zu erkranken. In der Impfpriorisierung kommen sie zudem erst an dritter Stelle.

Entsprechend hoch ist hier der Anteil der Befürworter sämtlicher Hygiene- und Schutzmaßnahmen, auch wenn diese erhebliche Einschränkungen der Freiheitsrechte bedeuten.

Diese Personengruppe stellt zudem einen Großteil der Führungselite in Politik, Wissenschaft und Gesellschaft. Dass gerade die in der Öffentlichkeit bekanntesten Gesichter aus diesem Kreis sich kennen, ist in Anbetracht der Größe des Saarlandes nicht verwunderlich."

„Warum werden dann die Morde genau so ausgeführt, wie sie Aussagen von Kampfsportlern zu entnehmen sind?", fragte Michaela in der Hoffnung, hiermit ein Umdenken einzuleiten.

„Jemand, der solche Kapitalverbrechen derart präzise durchführt, dass er am Tatort keinerlei verwertbare Spuren hinterlässt, wird kaum recherchierbare Vorankündigungen machen."

Mit leicht angezogenen Mundwinkeln schüttelte die Verfassungsschützerin den Kopf und ähnliche mitleidige Gesten kamen auch von ihren Kollegen. Die Beamten des Landeskriminalamtes ließen dagegen keinen Einblick in ihre Gefühlslage zu. Mit versteinerten Mienen lauschten sie den folgenden Ausführungen von Frau Maier.

„Sie denken immer noch in den Maßstäben eines gewöhnlichen Mörders, der aus Eifersucht, Rache oder Gier tötet", erklärte sie in der Tonlage einer Grundschullehrerin. „Hier haben wir es jedoch mit Terrorismus zu tun. Da ist Aufmerksamkeit und Öffentlichkeit genausowichtig für die Täter, wie das Töten selbst. Dass ihre ersten Hauptverdächtigen, Arthur Ross und Mario Longini, vermutlich nichts mit den Anschlägen zu tun haben, werden wir zwar erneut überprüfen, jedoch erscheint dies als wahrscheinlich. Anders sieht es mit der Kampfsportszene des Saarlandes insgesamt aus. Hier verzeichnen wir einen hohen Anteil an ausgesprochen kritischen Stimmen gegenüber den Corona-Maßnahmen, bis hin zu aktiver Pandemie-Leugnung und Gewaltbereitschaft. Am wahrscheinlichsten erscheint nach den erstellten psychologischen Täterprofilen aus unserer Behörde, dass sich hier eine Gruppe von drei bis fünf frustrierten, abgehängten, alleinstehenden, jungen Männern zu einer Terrorzelle zusammengeschlossen hat. Diese Männer planten die bisher vier Morde und führten sie mit den dargebotenen Vorlagen entsprechend medienwirksam aus. Unsere Aufgabe wird es sein, diese aus-

164

findig zu machen und festzusetzen. Da wir nun im Rahmen der Beauftragung und der gesetzlichen Vorgaben nachrichtendienstliche Mittel einbringen können, sollte sich der Erfolg bald einstellen."

„Was lässt Sie da so sicher sein?", fragte Michaelas Chef.

„Wir haben bereits Analysen der Morddrohungen vorgenommen und die anonymen Profile einiger Social Media-Nutzer verifiziert", antwortete Frau Maier. „Wenn ich richtig verstanden habe, so sind Sie auch dabei, einer dieser Spuren nachzugehen?"

„Das ist korrekt", sagte Schröder. „Wir haben einen Internet-Droher ausfindig gemacht, der allen vier Opfer entsprechende Ansagen präsentierte."

Ein breites Lächeln zeigte sich im Gesicht der Verfassungsschützerin.

„Das ist sehr gut", bestätigte sie und legte sogleich nach. „Mittels unserer Analysesoftware war es uns möglich, fünf solcher Spuren ausfindig zu machen. Alle führen zu Nahkampfexperten, von denen wir zum Teil jetzt schon wissen, dass sie miteinander in Kontakt stehen."

„Das ist in Anbetracht der Größe des Saarlandes nicht verwunderlich", warf die Kriminalkommissarin das Zitat ihres Gegenübers in die Runde.

„Bitte?", fragte Frau Maier.

„Die Kampfkunst- und Kampfsportszene unseres Landes ist zwar sehr aktiv, aber hier kennt auch jeder jeden", erklärte Michaela. „Nur weil einige Studiobetreiber sauer sind und böse Kommentare über Politiker und Experten posten, heißt das noch lange nicht, dass sie eine terroristische Vereinigung gegründet haben."

Maier schüttelte den Kopf.

„Sie sind noch nicht lange im Dienst, Frau Burghardt", erwiderte die Verfassungsschützerin. „Lassen Sie das nur mal uns und die Kollegen vom LKA übernehmen. Wir haben die Martial Arts Killer im Handumdrehen ermittelt."

***

Michaela kochte innerlich. Ihre Emotionen garten förmlich auf der offenen Flamme einer Stahlschmelze. Nicht nur die Selbstgefälligkeit der Verfassungsschützerin ging ihr gehörig gegen den Strich, auch die faktische Degradierung zur Sachbearbeiterin nagte an ihrem Ego. Was bildeten sich die Schlapphüte nur ein?!

Die Kriminalkommissarin war nun von Schröder beauftragt worden, alle bisherigen Ermittlungsergebnisse nach den Gesichtspunkten der Terrorismusbekämpfung neu zu bewerten und zusammenzustellen. Das bedeutete in erster Linie gefühlt unendlichen Papierkram. Dass sie hierdurch in irgendeiner Weise etwas zur Aufklärung des Falls beisteuern konnte, schloss Michaela aus. Weder würde sie hiermit für ihre Karriere punkten, noch einen nachhaltigen Beitrag zur Sicherheit der Bürger des Saarlandes leisten.

Am meisten wurmte sie jedoch, dass sie mit ihrer Theorie eines gänzlich anderen Motivs recht haben könnte. Verfassungsschutz, Staatsschutz und Sonderkommission ließen diesen Aspekt vollkommen außen vor. Es bestand daher die Möglichkeit, dass sie die Falschen befragen könnten und der eigentliche Mörder wieder zuschlug.

Als sie gerade einen Passus fertiggestellt hatte, kam Michaela zu einem wichtigen Entschluss. Sie wollte absolut sicher vermeiden, weiterhin ihre Zeit mit aus ihrer Sicht sinnloser Fleißarbeit zu verschwenden. Daher speicherte die junge Frau das aktuelle Dokument ab und legte es in den passenden digitalen Ordner. Jetzt würde sie auf eigene Faust ermitteln.

Wenn es ein vollständig anderes Motiv geben sollte, welches den Morden zugrunde lag, dann war der Schlüssel es zu finden, nicht, nach dem Täter zu suchen, sondern die Opfer genauer unter die Lupe zu nehmen. Die junge Kommissarin meinte zwar, dass dies bereits einer ihrer Kollegen unternommen hatte, dennoch rief sie als Erstes die Vorstrafenregister aller vier Männer auf. Hier fanden sich keine Einträge. Danach bemühte Michaela die Polizeidatenbank, um herauszufinden, ob vielleicht einmal gegen eines der Opfer ermittelt worden war. Auch hier gab es nicht das geringste Ergebnis.

Die Kriminalkommissarin war bereits drauf und dran diesen Ansatz zu verwerfen, da kam ihr die Idee, doch einmal nach Prozessakten in der Datenbank zu schauen. Hier zeigte das System einen Treffer an. Es handelte sich um den Hinweis auf eine Papierarchivalie, die aus unerfindlichen Gründen nicht digitalisiert worden war. Man konnte diese nur im Gerichtsarchiv einsehen. Die Akte hatte Michaela unter dem Namen des Angeklagten gefunden. Sie musste einen Prozess wegen eines schwerwiegenden Deliktes behandeln und der Name des Beschuldigten lautete:

Grünspecht, Klaus-Dieter.

Kapitel 16 – Leichen im Keller

31. Dezember 2020, 13:16 Uhr

„Ich weiß, dass hier heute niemand das Archiv betreut", sagte Michaela zu dem Wachmann am Empfang beim Gerichtsgebäude. „Ich bin jedoch, wie sie anhand meines Ausweises sehen können, von der Kriminalpolizei. Es ist für einen Fall unerlässlich, dass ich eine Prozessakte jetzt sofort einsehe. Wenn es nicht so wichtig wäre, dann wäre ich auch nicht hier, sondern in meiner wohlverdienten Mittagspause."

In jene hatte sich Michaela tatsächlich bei ihren Kollegen abgemeldet, bevor sie zum Gerichtsgebäude aufgebrochen war. Die Wache hier wollte jedoch einfach nur weiter fernsehen und verspürte an einer Störung des geregelten Dienstes überhaupt kein Interesse. Doch davon durfte sich die Kommissarin nicht beirren lassen.

„Haben Sie bitte Verständnis, aber es ist wirklich niemand da, der Sie hinbringen könnte oder Ihnen die Akte heraussuchen kann", versuchte es der

Mann in versöhnlichem Ton. „Selbst wenn ich es dürfte, ich könnte Ihnen nicht helfen."

Michaela zog für einen kurzen Moment die Nase kraus, dann kam ihr eine Idee. Es galt alles auf eine Karte zu setzen.

„Haben Sie von der Ansprache unseres Ministerpräsidenten zu der Mordserie an Corona-Mahnern gehört?", fragte sie durch die mit einem Mikrofon ausgestattete Panzerglasscheibe.

„Sie meinen die Rede gegen diese Corona-Terroristen?", hörte Michaela den Mann sagen, während er den Schalter der Sprechanlage betätigte.

„Genau die! Wir sind ihnen in der Soko Martial Arts Killer auf den Fersen, doch ohne einen schnellen Blick in die Akte kann unsere Arbeit nicht weitergehen."

„Aber ohne eine Genehmigung ihrer Dienststelle dürfen Sie nicht ins Gerichtsarchiv", entgegnete der Mann und die junge Polizistin war froh, dass er keine Maske trug und somit seine Unsicherheit kaum zu bemänteln vermochte.

„Wissen Sie, wer so eine Genehmigung zwischen den Jahren ausstellen kann?"

„Nein", antwortete der Wächter wahrheitsgemäß.

„Ich auch nicht", erwiderte Michaela. „Genau das ist das Problem. Morgen ist Neujahr und dann kommt ein Wochenende. Vor Montag bekomme ich keine Bescheinigung und bis dahin kann die Terrorgruppe munter weitermorden, nur weil ich keinen Blick in eine nicht digitalisierte Papierakte geworfen habe. Das wollen wir der Öffentlichkeit dann besser nicht erklären müssen, oder?"

Der Wachmann wäre kein Mann gewesen, wenn ihm der Anblick der jungen Frau nicht sympathisch erschienen wäre. Er wäre kein Saarländer gewesen, wenn er die Notwendigkeit zusammenzuhalten nicht verinnerlicht hätte. Und er wäre kein einfacher, schlecht bezahlter Wachmann gewesen, wenn er auf die Idee gekommen wäre, bei der Dienststelle einer Kripobeamtin anzurufen, um sich rückzuversichern. Daher nickte er.

„Also gut, dann gehen wir mal in den Keller", sagte er gutmütig und nahm seine Mund-Nasen-Bedeckung vom Kleiderständer der Wachstube. „Aber suchen müssen Sie die Akte schon mit mir zusammen."

„Gerne", antwortete eine zufriedene, junge Polizistin.

Ein Archivsystem zu durchblicken, welches nicht auf Selbstbedienung ausgelegt ist, ist nicht gerade ein leichtes Unterfangen. Selbst wenn man eine Archivierungsnummer hat.

Die Kommissarin wurde von der schieren Größe des Gerichtsarchivs erschlagen. Die Bahnen der Akten waren auf Schienen angebracht, die es ermöglichten, die einzelnen Bereiche raumsparend zusammenzuschieben oder zu trennen, um im gesuchten Abschnitt passend recherchieren zu können. Es dauerte fast zwanzig Minuten, bis sie und der Wachmann den Aktenabschnitt QZ2010 gefunden hatten, aber die Akte QZ2010.3.1.10.SF blieb verschollen.

„Hier müsste sie doch sein?", wunderte sich der Wachmann, der sich der Polizistin mittlerweile als Herr Wilhelm vorgestellt hatte.

„Das sehe ich auch so", erwiderte Michaela. „Sie ist hier aber nicht."

„Wenn die Akte in einem Verzeichnis geführt wird, dann muss sie hier doch sein", meinte der Wachmann erneut und legte dabei die Stirn in Falten.

Die Kriminalkommissarin bemerkte zu ihrer Erleichterung, dass der etwas übergewichtige

Mittfünfziger mit dem lichten, grauen Haarschopf ganz offensichtlich einen gewissen Ehrgeiz entwickelte, ihr zu helfen. Diesen galt es nun in die richtige Bahn zu lenken.

„Ich kann mir gut vorstellen, dass in so einem umfangreichen Archiv auch mal Akten falsch zurückgelegt werden", erklärte sie. „In diesem besonderen Fall halte ich es sogar für wahrscheinlich, dass es mit Absicht passiert ist."

„Wie kommen Sie denn darauf?", wollte Herr Wilhelm wissen. „Hier passen die Archivarinnen sicher immer sehr gut auf. Ich kenne die Damen, denen entgeht bestimmt nix."

„Eben!", bestätigte Michaela. „Deshalb könnte jemand, der hier Zugang hat, vermutlich nichts verschwinden lassen. Es wäre ihm jedoch vielleicht möglich, eine Akte falsch abzulegen und so zu verstecken."

„Und wer könnte so etwas tun?"

„Das darf ich aus ermittlungstaktischen Gründen leider nicht verraten. Sie verstehen das sicher."

„Klar", sagte Herr Wilhelm. „Wenn Sie recht haben, müsste die Akte hier in der Nähe sein."

Fast eine halbe Stunde lang gingen Wachmann und Kommissarin die Archivreihen ab. Doch unter den unzähligen, arttypischen Pappheftern mit den charakteristischen Metallösen, um sie in die Vorrichtungen der Bahnen zu hängen, fand sich QZ2010.3.1.10.SF einfach nicht.

„Wir müssen jetzt wieder hoch", meinte Herr Wilhelm. „Ich bin schon viel zu lange mit Ihnen hier unten. – Das sollte meine bessere Hälfte lieber nicht erfahren."

Michaela lächelte ob dieses leicht anzüglichen Scherzes, der den älteren Mann bei einer Anderen vielleicht sogar die Stelle hätte kosten können. Sie entschied sich jedoch für einen Konter.

„Ihre Frau muss keine Angst haben", erwiderte sie mit einem spitzbübischen Lächeln unter der Maske. „Ich verkehre grundsätzlich nur mit Männern, die ein Stück größer sind als ich."

Das verdeckte Grinsen ihres Gegenübers vermochte jetzt mit ihrem eigenen mitzuhalten. Offensichtlich freute der Herr sich auf seine Entgegnung:

„Ich mag hier nicht auf die Archivschränke blicken können, doch die Damen schätzen an mir normalerweise eine andere Größe."

Michaelas Gesichtsausdruck erstarrte.

„Also, ich wollte Sie nicht erschrecken ...", versuchte Herr Wilhelm den peinlichen Augenblick der Stille zu überbrücken, doch die Polizistin drückte sich einfach wortlos an ihm vorbei und blickte sich hektisch um.

Verwirrt beobachtete der Wachmann, wie die Kriminalkommissarin zurück zu dem Archivabschnitt ging, in dem sich die Prozessakte befinden sollte. Dann beugte sie ihre Knie und sprang höher in die Luft, als er ihr zugetraut hätte. Dabei verriet ihre Kopfbewegung, dass sie nach etwas Ausschau hielt. Sie landete sicher und drehte sich um. Nun hüpfte sie erneut und setzte mit einem breiten Grinsen in den Augen auf dem Boden auf.

„Da oben liegt eine Akte!", rief sie. „Wir brauchen eine Leiter oder einen Stuhl."

„Da vorne gibt es einen Trittschemel", meinte Herr Wilhelm und brachte diesen gleich darauf zur Polizistin.

„Sehr gut", kommentierte Michaela. „Damit sollte ich drankommen."

Sie stieg auf den Schemel und zog den Papphefter hinter einer Verstrebung des Archivschrankes hervor. Er war hier zuvor kaum zu sehen gewesen. Die Kommissarin freute sich in jenem

Moment über ihre scharfen Augen. Diese zeigten ihr auch sofort die aufgedruckte Aktennummer: QZ2010.3.1.10.SF.

„Das ist sie", kommentierte Herr Wilhelm. „Mitnehmen dürfen Sie die Akte natürlich nicht. Das würde mich den Job kosten, aber Sie können sie hier einsehen."

„Dafür habe ich keine Zeit mehr", meinte Michaela. „Ich werde sie schnell mit meinem Smartphone fotografieren. Dann kann ich sie auch gleich als Hinweis für die Unterlagen sichern."

***

Der Beobachter bleibt am Fenster, als die junge Frau das Gebäude verlässt. Er folgt jeder ihrer Bewegungen, während sie die Straßenseite wechselt und zu ihrem an einer Parkuhr stehenden Wagen geht. Er sieht, wie sie den Hinweis auf einen Strafzettel von der Windschutzscheibe nimmt und zerknüllt in den nächsten Mülleimer befördert. Dann steigt sie ein und fährt los. Er hebt sein Smartphone hoch und wählt eine gespeicherte Nummer an. Es klingelt einige Male, jetzt meldet sich eine Stimme.

„Hallo, Klaus hier", sagt der Mann. „Die hübsche Blondine war gerade im Gericht und im Archiv. ... Nein, habe ich nicht versucht. Das wäre ihr vielleicht aufgefallen. ... Ja, sie könnte etwas herausgefunden haben ..."

***

Glücklicherweise hatte Herr Schröder alle Hände voll damit zu tun, die Beamten des Verfassungsschutzes und des Landeskriminalamtes einzuweisen. Michaelas überlange Mittagspause fiel somit selbst in dieser Ausnahmesituation nicht auf. Dass jemand über den Mittag hinweg „ermitteln" ging, war ansonsten in der Polizeidirektion keineswegs ungewöhnlich und erleichterte zum Beispiel manchen schnellen Einkauf der letzten Weihnachtsgeschenke.

Per USB-Kabel verband sie ihr Smartphone mit dem Arbeitsplatz-PC und lud die Fotos der Akte herunter. Diese war alles andere als lang. Entgegen den sonstigen, von ihr an diesem Tage in die Hand genommenen Pappordnern umfasste

QZ2010.3.1.10.SF nur den Urteilsspruch vom Herbst 2010 samt Begründung.

Die Kriminalkommissarin brachte die Bilder in die richtige Reihenfolge und las. Die Informationen hatten es in sich. Das Urteil brannte sich geradezu in Michaelas Gedächtnis ein.

„Im Namen des Volkes ergeht folgendes Urteil: Der Angeklagte, Klaus-Dieter Grünspecht, wird wegen erwiesener Unschuld in allen Punkten freigesprochen. Die Kosten des Verfahrens trägt die Staatskasse.

Das Gericht sieht es als erwiesen an, dass der ihm zur Last gelegte Vorwurf der schweren, gemeinschaftlichen Vergewaltigung in Tateinheit mit sexuellem Kindesmissbrauch als unzutreffend anzusehen ist. Die ihn belastende, minderjährige Zeugin [Name wurde geschwärzt] mag tatsächlich von mehreren Männern für sexuelle Handlungen bezahlt und missbraucht worden sein. Die Aussagen der Zeugen Gernot Müller und Hans-Peter Schulmann belegen jedoch, dass der Angeklagte zum fraglichen Zeitpunkt der zur Verhandlung stehenden Tat bei einem geselligen Treffen seines Herrenklubs gewesen ist. Er kann somit unmöglich zeitgleich die ihm zur Last gelegte Tat begangen haben.

Gegen die Zeugin [Name wurde geschwärzt] kann hier kein Vorwurf erhoben werden. Sie hat sich vermutlich unabsichtlich geirrt, was aufgrund der Situation und ihres Alters nicht verwunderlich erscheint.

Das Gericht bemerkt es als höchst bedauerlich an, dass sie sich wegen ihrer Erfahrungen das junge Leben genommen hat, und hofft, dass hier weitere Ermittlungen die wahren Täter noch der gerechten Strafe zuführen."

Verantwortlich für das Urteil zeichnete der Vorsitzende Richter Jürgen Ginzel.

***

Michaelas Gehirn arbeitete auf Hochtouren. Ihre wage Theorie eines gänzlich anderen Motivs des Martial Arts Killers wurde nun immer deutlicher.

Gernot Müller, Hans-Peter Schulmann, Klaus-Dieter Grünspecht und Jürgen Ginzel ... die vier Mordopfer der vermeintlichen Corona-Terroristen ... sie alle waren vor zehn Jahren an einem Strafprozess wegen Vergewaltigung und Kindesmissbrauch gegen den Virologen Grünspecht beteiligt. Müller und Schulmann bestätigten ihm sein Alibi und Ginzel sprach ihn auf bestmögliche Weise frei.

Damals mochte das nicht auffällig gewesen sein, doch nun waren alle diese Männer tot. Einen Zufall schloss Michaela sofort aus.

Einer inneren Eingebung folgend suchte sie im Internet, ob sie etwas zu den Männern und der Anklage wegen Vergewaltigung und Kindesmissbrauch finden könnte. Es zeigte sich aber keine Spur. Dann recherchierte sie ohne Namen nach den Begriffen „2010, Herbst, Saarbrücken, Selbstmord, Schülerin". Einige Seiten musste sie im Internet durchforsten. Viele traurige Schicksale wurden ihr angezeigt. Doch es gab nur einen einzigen Selbstmord einer Schülerin aus Saarbrücken, der es damals auf die Titelseiten und in das Internet geschafft hatte. Der Name des Mädchens war Michaela bekannt. Sie war der gleiche Jahrgang wie die Kommissarin und mit ihr zur Schule gegangen. Unbeabsichtigt prägte der Tod dieser Klassenkameradin das Verhalten der jungen Frau in Liebesdingen. Der Name jenes Mädchens, das sich mit älteren Männern eingelassen haben soll und danach in die Saar ging, war Sofie Frei.

***

Die Kommissarin erinnerte sich noch, wie sie Sofie den Tod gewünscht hatte, als diese den ersten Jungen küsste, mit dem Michaela zusammensein wollte. Die Polizistin empfand eine deutliche Scham bei der Vorstellung, dass sich dieser Wunsch wenig später erfüllt hatte. Aufkeimende Erinnerungen trieben ihr die Tränen in die Augen und sie nahm sich ein Taschentuch, um sich zu schnäuzen. Es kostete sie einige Mühe, sich wieder zu fangen und professionell in ihrer Arbeit weiterzumachen.

Rasch tippte sie den Namen des vor zehn Jahren verstorbenen Mädchens in den Polizeirechner. Ein einziger Treffer wurde ihr angezeigt. Das Dokument war zugriffsgeschützt. Sie wählte es an und forderte den Zugriff darauf mit ihrer Sonderkommissionsberechtigung. Dann las sie jenen Text, der vor einem Jahrzehnt verfasst worden war.

„Hiermit versichere ich an Eides statt, dass die Vernichtung aller Akten und Beweise im Mordfall Sofie Frei mein unbeabsichtigtes Verschulden war.

Aufgrund einer Nachlässigkeit meinerseits erging an untergebene Stellen die fälschliche Anordnung, dass diese Daten zu löschen und gesammelte Beweismittel zu vernichten seien. Hier wurde ein vor Jahrzehnten abgeschlossener Fall, in dem kein Mord vorlag, bedauerlicherweise mit dem aktuellen Fall von mir verwechselt.

Mir ist bewusst, dass ich hiermit eine Aufklärung der Todesumstände von Sofie Frei und ebenso eine weitere Ermittlung wegen Vergewaltigung und sexuellen Missbrauchs unmöglich gemacht habe. Auch wenn hier höchstwahrscheinlich ein Selbstmord vorliegt, so wird mein Fehler dafür sorgen, dass dies niemals zweifelsfrei aufgeklärt werden kann.

Ich stimme einer Versetzung auf eine Stelle in die Verwaltung mit sofortiger Wirkung zu."

Unterzeichnet war die Erklärung vom Dezember 2010 von Wolfgang Kubek, als damals Erster Kriminalhauptkommissar und Leiter der Saarbrücker Mordkommission.

Kapitel 17 – Motive und Ziele

31. Dezember 2020, 15:02 Uhr

Auf der Fachhochschule für Verwaltung wird angehenden Kriminalkommissaren eingeschärft, dass weder eine schöne Theorie noch überraschende Hinweise einen Fall lösen. Einzig harte, unwiderlegbare Fakten sollten für die Polizeiarbeit zählen. An diesen mangelte es jedoch nicht nur bei der Überführung des oder der Martial Arts Killer.

Michaela war über einen Zusammenhang der Mordopfer gestolpert, der ein vollkommen neues Licht auf den Fall warf. Dafür musste sie allerdings die Tatsachen mit einem unaufgeklärten Verbrechen aus dem Jahr 2010 verbinden.

Was wäre, wenn damals doch nicht der Falsche vor Gericht gestellt worden wäre? Falls Professor Grünspecht tatsächlich Sofie Frei missbraucht und ihm seine Freunde ein Alibi und einen Freispruch geschenkt hätten? Vielleicht wurde das Mädchen sogar ermordet und der damalige Leiter der Mordkommission und heutige Landrat sorgte dafür, dass es keine Spuren mehr zum Verfolgen gab. Das stellte ein geradezu perfektes Verbrechen dar. Polizei, Justiz und Politik schützten einen perversen Forscher und räumten alles aus dem Weg, um ihn vor einer Strafverfolgung zu bewahren. Aber wieso? Sollte es so abgelaufen sein, waren sie damals bereit, ihre eigene Existenz für den Virologen aufs Spiel zu setzen. Enge Freundschaft und Verbundenheit konnte man zwar als gegeben voraussetzen, jedoch dürfte dies als Grund dafür, so ein Risiko einzugehen, kaum ausreichen. Sie mussten noch eine andere Motivation gehabt haben.

Grünspecht war wegen gemeinschaftlicher Vergewaltigung und sexuellen Missbrauchs angeklagt worden. Doch außer ihm gab es keine weiteren ermittelten Verdächtigen. Was wäre, wenn seine Mittäter dafür sorgten, dass der Fall an ihm abperlte wie das Wasser an einer Ente? Was wäre, wenn Müller, Schulmann, Grünspecht, Ginzel und Kubek Sofie Frei gemeinschaftlich missbraucht hätten und ihr Opfer aus irgendeinem Grund den Virologen identifizieren konnte, die anderen jedoch nicht? Wenn sie ihn schützten, so

würde ihnen ebenfalls nichts passieren. Anschließend ermordeten sie das Mädchen und vertusch-
ten dann gekonnt auch hierfür die Spuren. Kubek
musste zwar einen peinlichen Fehler eingestehen,
fiel jedoch bald darauf die Karriereleiter erheblich hinauf.

Michaelas Beine begannen leicht zu zittern. Zorn
und Wut stiegen in ihr auf. Falls sie hiermit recht
behalten sollte, dann wären fünf Männern, die in
der Gesellschaft alle dafür standen, dieses Land
zu tragen, mehrerer abscheulichen Verbrechen an
einem dreizehn Jahre alten Mädchen schuldig.
Der Rechtsstaat hatte keine Möglichkeit, sie ihrer
gerechten Strafe zuzuführen, da sie selbst diesen
vertraten. Nun waren vier dieser fünf Kriminellen
tot. Sollte die Kommissarin mit ihrer Theorie
recht haben, so vollstreckte hier offenbar jemand
sein eigenes Urteil nach zehn Jahren.

In Michaelas Kopf klang dies alles im ersten
Moment logisch und nachvollziehbar. Doch dann
meldeten sich die zweiten Gedanken und die
Schwierigkeiten dieser Thesen drängten sich in
den Vordergrund. Frage über Frage bildete sich in
ihrem Kopf und sie entschied sich dafür, sich

einen neuen Kaffee zu holen, auch um einmal vom Arbeitsplatz aufzustehen.

Waren die fünf Männer wirklich schuldig, sich an dem Mächen vergangen zu haben, oder glaubte das der Martial Arts Killer nur?

Warum wartete ein Täter beziehungsweise eine Tätergruppe derart lange, um eine solche ungesühnte Schandtat mit Mord zu vergelten? Wäre es nicht viel logischer gewesen, die Verantwortlichen vor zehn Jahren ums Leben zu bringen?

Warum wurden die Männer mit bloßen Händen getötet? Das barg doch in erheblichem Maße das Risiko eines Scheiterns. Mit einer Waffe sollte ein solcher Tötungsexperte auf Nummer sicher gehen.

Wie schafften es der oder die Täter, die Morde so zu begehen, dass keinerlei Spuren am Tatort gefunden wurden? Die Gerichtsmedizin vermochte immer nur die Todesursache und die Kampftechnik zu rekonstruieren. Das stellte eine Glanzleistung ihrer Arbeit dar, führte jedoch zu keiner wirklichen Spur.

Michaela betätigte den Kaffeeautomaten und füllte ihre Tasse. Das koffeinhaltige Heißgetränk roch auf die gewohnte Weise, welche sie auch durch ihre medizinische Maske zu erkennen vermochte. Für einen ersehnten Schluck war es noch zu heiß, sodass die Kommissarin das Gefäß zu ihrem Arbeitsplatz zurückbrachte.

Die junge Frau gelangte nun bei den Bedenken an, wie sie mit den Verdächtigungen und Vermutungen umgehen sollte. Ihre Theorie hatte einige Hinweise als Grundlage. Sie barg jedoch auch das Potenzial für erheblichen Sprengstoff. Genau genommen für eine Karrieren gefährdende, mittlere Atomexplosion.

Die junge Kommissarin verdächtigte nicht nur vier tote, zuvor sehr angesehene und nun öffentlich betrauerte Mitglieder der Gesellschaft, Sexstraftäter und Mörder zu sein, ihr Vorwurf richtete sich auch gegen einen ehemaligen Kollegen. Dieser war zwar wegen eines verdächtigen Fehlers versetzt worden, galt jedoch als Beispiel, dass man es nach dem Polizeidienst in der Politik weit bringen konnte. Dem Landrat warf sie durch ihre Theorie nicht weniger vor als gemeinschaftliche Vergewaltigung in Tateinheit mit schwerem sexuellem Missbrauch einer Minderjährigen, gefolgt von Strafvereitelung im Amt und Mord.

Sie musste ihre Fantasie nicht lange bemühen, um einen Vorwurf durch ihren Geist eilen zu sehen: „Nestbeschmutzerin!"

Es gibt gewisse Dinge, die Polizisten nicht auf der Polizeischule lernen. Hierzu gehört, dass in den besonderen Lagen, in denen sich die Beamten bei der Bekämpfung der Kriminalität regelmäßig wiederfinden, der Zusammenhalt unter den Kollegen entscheidend ist. In manchen Fällen kann das Recht nicht immer nach den Buchstaben der Dienstvorschrift verteidigt werden. Es gibt Grauzonen, die es auszunutzen gilt. Geschlossenheit sorgt dafür, dass solche Aktionen nicht zum Vorteil der Kriminellen gereichen. Wenn deshalb ein Drogendealer einmal fester angefasst wird als unbedingt notwendig, ist das eben so.

Der Nachteil dieser Einstellung ist, dass in seltenen Fällen ein Vorwurf gegen einen Kollegen zu schnell als unberechtigt, ja sogar verräterisch abgetan wird. Dies geschieht vor allem dann, wenn die vermeintliche Verfehlung aufgrund von Verdächtigungen vorgebracht wird, die auf sehr tönernen Füßen stehen. Michaela war eines klar: Sollte sie das vorbringen, so würde es nicht mit Jubel begrüßt werden.

Doch was konnte sie aus ihrer Theorie ableiten? Sie hatte ein gänzlich anderes Verbrechen und damit ein absolut abweichendes Motiv für den eigentlichen Fall im Blick. Jedoch brachte ihre Vermutung sie zu einigen möglichen Voraussagen. Zu diesen gehörte, dass, falls der Martial Arts Killer jene fünf Männer im Visier haben sollte, sein nächstes Ziel bekannt war. Er würde versuchen, auch den Landrat Wolfgang Kubek zu ermorden. In Anbetracht der Tatsache, dass an den vier vergangenen Abenden jeweils ein Opfer zu verzeichnen war und dieses Jahr nur noch eine Nacht dauerte, müsste der Anschlag in den nächsten neun Stunden erfolgen. Michaela war sich fast sicher, dass der zurückliegende, zehnte Jahrestag von Sofie Freis Tod ein entscheidender Hinweis sein musste.

Ja, der Landrat stand bereits unter Polizeischutz. Das beruhigte die Kriminalkommissarin allerdings in keiner Weise. Ein Täter, der, ohne jegliche Spuren zu hinterlassen, binnen vier Tagen vier Morde begehen konnte, würde auch einen Weg finden, den Polizeischutz zu umgehen. Immerhin war es dem Martial Arts Killer ja gelungen, die Opfer jeweils im für seinen

Anschlag passenden Moment aufzuspüren und unbemerkt zu verschwinden. Beeindruckend war hier vor allem, wie es ihm möglich gewesen war, die Stromversorgung des Landgerichtsgebäudes lahmzulegen und so nicht auf den Videoaufzeichnungen aufzutauchen. Nein, diesen Mörder oder diese Tätergruppe zu unterschätzen, erschien ihr gefährlich. Ein solcher Fehler wäre dazu geeignet, Landrat Kubek das Leben zu kosten.

Michaela brauchte einen Plan, um ihre Erkenntnisse glaubhaft weiterzugeben. Nach ihrer Vermutung eine geradezu unlösbare Aufgabe. Genau die richtige Herausforderung für eine echte Kämpferin!

Kapitel 18 – Überraschungen

31. Dezember 2020, 15:24 Uhr

Als Frau Olschefski an Michaelas Arbeitsplatz herantrat, schreckte die Kommissarin aus ihren Gedanken auf. Unter der Maske der Sekretärin vermutete die junge Polizistin ein Lächeln.

„Ich bringe gute Nachrichten", erklärte die gute Seele der Saarbrücker Mordkommission. „Rüdiger hat gerade angerufen. Der Schnelltest ist negativ gewesen. Man hat nun noch einen PCR-Test fürs Labor mit ihm gemacht. Bis das Ergebnis da ist, bleibt er jedoch in Quarantäne."

„Das ist wirklich eine gute Nachricht zum Jahresende", erwiderte Michaela.

„Und solche können wir hier echt gebrauchen", meinte Frau Olschefski. „Die undichte Stelle in der Direktion sorgt dafür, dass der Chef bald durchdreht, und dann gibt es da noch andere unerfreuliche Sachen ..."

„Was für unerfreuliche Sachen?", hakte die Kriminalkommissarin nach.

Frau Olschefski schaute sich kurz um und erweckte dabei den Eindruck, gleich ein überaus korrumpierendes Geheimnis preisgeben zu wollen.

„Einer unserer Kollegen ist bereits zweimal ohne dienstlichen Grund von Streifenpolizisten während der nächtlichen Ausgangssperre erwischt worden", flüsterte die Sekretärin Michaela durch die Mund-Nasen-Bedeckung zu. „Das gab jeweils ein ordentliches Bußgeld und ich sage dir, das wird noch ein disziplinarisches Nachspiel haben, wenn du mich fragst."

Die Polizistin nickte. Die Wirksamkeit dieser Maßnahme zur Eindämmung der Corona-Pandemie zweifelte sie mittlerweile stark an. Deren Verfassungsmäßigkeit deshalb auch. Die Information erschien ihr aus diesem Grund genauso interessant wie die Ergebnisse vom Bingo-Abend aus einem Seniorenstift.

„Aha", kommentierte Michaela die Offenbarung.

„Lass dich also heute nach Dienstschluss nicht dazu hinreißen, woanders hinzufahren, als nach Hause", riet die Sekretärin. „Und wenn es dich zu einem netten Mann zieht, dann bleibe besser bei ihm."

Das freche Grinsen der Kollegin vermochte die Kommissarin unter der Mund-Nasen-Bedeckung nur zur erahnen. Sie erwiderte das Lächeln in genauso getarnter Weise und nickte Frau Olschefski zum Abschied zu.

Dieser Besuch war nicht ganz unproduktiv gewesen, stellte Michaela sogleich fest. Sie benötigte dringend jemanden, der ihr half, ihre gewagte Theorie einer fachlichen Prüfung zu unterziehen, ohne sie gleich für verrückt zu erklären. Glücklicherweise wusste sie nun, dass es hierfür eine Person gab, die im Moment nichts zu tun hatte und deren mögliches Lachen unmöglich sofort bis in das Büro ihres Chefs dringen könnte. Sorgfältig schloss die Kommissarin die Bürotür, ehe sie zu ihrem Smartphone griff. Sie wählte einen privaten Kontakt an und ließ ihren Finger die angezeigte Nummer drücken. Wenige Freizeichen später meldete sich eine nach Erkältung klingende Männerstimme:

„Hallo, Küken", hörte sie Rüdiger sagen, der sogleich einen leichten Hustenanfall bekam.

„Hi, du erkälteter, alter Hahn", konterte sie. „Wie geht es dir?"

„Ging schon mal besser. Habt ihr den Mörder mittlerweile gefasst?"

„Nein", antwortete Michaela. „Hier ist deshalb auch die Hölle los. Verfassungsschutz und Staatsschutz nehmen uns als Sachbearbeiter in Beschlag. Es ist echt frustrierend."

„Da bin ich ja fast froh, dass es mich so kurz vor Silvester erwischt hat", entgegnete der ältere Kollege und hustete erneut.

„Das hört sich aber wirklich nicht gut an."

„Wie gesagt: Ich habe mich schon mal besser gefühlt", meinte der kranke Kriminalhauptkommissar. „Eine echte Bronchitis, wenn du mich fragst. Warum rufst du an? Ich habe mir gerade ein Erkältungsbad eingelassen und würde es deshalb gerne kurz halten."

„Ich versuche mein Bestes", erwiderte Michaela. „Allerdings bin ich über einige Fakten gestolpert, die diese ganze Terrorismussache in einem anderen Licht erscheinen lassen. Ich brauche dringend deinen Rat, ob ich mir hiermit einfach nur Ärger einhandele oder ob ich doch etwas gefunden habe, was es vorzubringen gilt."

„Jetzt hast du mich wirklich neugierig gemacht", kommentierte Rüdiger und wurde dieses Mal auch nicht von seinem Husten geschüttelt. „Schieß los!"

„Also ich glaube, dass unsere vier Mordopfer ziemlich viel Dreck am Stecken gehabt haben und dass ich das nächste Ziel ausmachen konnte. Es ist nämlich so, dass ..."

***

„In der Sprache meiner Generation: Ganz schön abgefahren!", kommentierte Rüdiger, nachdem Michaela ihn vollumfänglich informiert hatte.

„Und, was meinst du? Kann ich damit zum Chef gehen, ohne mich unbeliebt oder lächerlich oder beides zu machen?"

„Es ist schon bemerkenswert, dass die vier Opfer so eine Verbindung haben", sprach Rüdiger mehr zu sich, als zu seiner Kollegin. „Dennoch ist es, wie du selbst sagst, total unwahrscheinlich und echt dünn."

„Kannst du dich noch an den Fall von Sofie Frei erinnern? Der muss doch hier wirklich Staub aufgewirbelt haben."

„Tut mir leid, da klingelt es bei mir überhaupt nicht", erklärt Rüdiger. „Es ist ja auch ewig her und seitdem war ich an sicher 100 Fällen dran."

„Sie war eine Schulkameradin von mir", erzählte Michaela. „Sofie hat mir meinen ersten Kussfreund ausgespannt."

„Erzähle das mal besser keinem", sagte Rüdiger. „Sonst unterstellen dir die Schlapphüte noch ein Motiv."

„Das finde ich nicht witzig."

„Das war ernst gemeint. Die sind bestimmt in Panik, weil sie nach wie vor niemanden verhaften können. Da schießen solche Büroermittler leicht mal um sich."

„Wie du meinst", erwiderte Michaela. „Aber sag jetzt mal, soll ich damit zum Chef gehen?"

„Ich will zwar im Moment nicht mit dir tauschen, aber das ist alternativlos", meinte der ältere Kriminalhauptkommissar begleitet von einem Hustenanfall. „Solltest du recht haben, sind alle auf dem Holzweg und zudem wäre ein ehemaliger Kollege in erheblicher Gefahr."

***

„Wie bitte?", fragte der Erste Kriminalhauptkommissar Manfred Schröder seine Untergebene, nachdem diese ihm ihre von Spekulationen und Vorwürfen gespickte Abenteuergeschichte präsentiert hatte. „Ist das dein Ernst?"

Michaela Burghardt, Kriminalkommissarin, holte kurz Luft, dann straffte sie ihre Haltung und antwortete:

„Mein voller Ernst."

Schröder ließ sich in seinem Bürostuhl zurücksinken und verschränkte die Hände hinter dem Kopf.

„Du meinst also, dass ein seit zehn Jahren kalter Mord- und Missbrauchsfall der eigentliche Grund für die Anschläge ist. Angesehene Mitglieder der Gesellschaft sind in eine Verschwörung verwickelt gewesen, um einem jungen Mädchen zu schaden. Mein Amtsvorgänger ist dabei der größte Verbrecher, da er seine Karriere geopfert hat, um alles zu decken? So war das doch, oder?"

„So kann man es zusammenfassen, ja", sagte Michaela. „Daraus ergibt sich ein klares Motiv für den oder die unbekannten Mörder, nämlich Rache. Und das nächste Opfer ist uns damit auch schon bekannt."

Schröder setzte sich wieder gerade, legte die Hände auf den wuchtigen Schreibtisch und schüttelte ausgiebig seinen Kopf. Die Missbilligung in seiner Stimme vermochte Michaela förmlich zu spüren.

„Ich bin mit Wolfgang Kubek seit 15 Jahren befreundet", erklärte ihr Chef und fixierte Michaela. „Als ich seinen Posten übernommen habe, hat er mir nicht nur bei der Einarbeitung geholfen, sondern auch danach immer ein offenes Ohr gehabt, wenn ich Hilfe brauchte. Ich habe mit ihm mehrfach über den schlimmen Fehler gesprochen. Wir erarbeiteten zusammen Kontrollmaßnahmen, dass so etwas nie wieder passieren kann. Wolfgang Kubek ist als Mensch und Kollege absolut integer. Man kann wirklich sagen, dass er über jeden Zweifel erhaben ist. Er ist einer der wenigen Politiker, die für ihren Erfolg nicht ihre Überzeugungen verkauft haben. Das macht ihn ausgesprochen authentisch. Ihm etwas Derartiges ohne den kleinsten Beweis vorzuwerfen, ist ungeheuerlich."

„Selbst wenn ihn keine Schuld trifft, so ist er dennoch in höchster Gefahr", versuchte es Michaela nun mit einer Änderung ihrer Argumentationstaktik. „Jemand glaubt offenbar zu wissen, wer daran schuld ist, dass die Vergewaltiger und Mörder von Sofie Frei nicht zur Rechenschaft gezogen worden sind. Unser Martial Arts Killer wird ganz sicher versuchen, Wolfgang Kubek umzubringen. Und so, wie ich den Täter einschätze, sollte ihn Polizeischutz nicht vom nächsten Anschlag abhalten können. Wir ...“

Weiter kam Michaela nicht, denn nach einem kurzen Alibiklopfen öffnete Frau Olschefski die Tür und rief aufgeregt in den Raum:

„Das LKA meldet eine Festnahme! Sie haben den Martial Arts Killer!“

***

„Jerome?!“, rief Michaela überrascht aus.

„Nennen Sie alle Verdächtigen bei deren Vornamen?“, fragte Frau Maier mit klarem Missfallen in ihrer näselnden Stimme.

Der Model-Athlet wurde soeben von zwei mit Sturmhauben maskierten Beamten des Sondereinsatzkommandos durch die Gänge des Präsidiums zum Verhörraum geführt. Die junge Polizistin und ihr ehemaliger Geliebter tauschten nur einen kurzen Blick aus. Michaela meinte, in seinen Augen Verzweiflung gelesen zu haben.

„Warum haben Sie Herrn Bernard festgenommen?", wollte Schröder nun wissen. „Bisher lagen gegen ihn keine ausreichenden Beweise vor."

Michaela, ihr Chef, die unsympathische Verfassungsschützerin und noch zwei Beamte des Landeskriminalamtes hatten sich zusammen mit Frau Olschefski am Rande des Treppenhauses eingefunden. Sie wollten alle den festgenommenen Martial Arts Killer sehen.

Das siegessichere Grinsen, welches Frau Maier nun auflegte, schien regelrecht durch ihre Mund-Nasen-Bedeckung hindurch.

„Wir sind der Spur jener Online-Morddrohungen und der Droh-E-Mails vom Laptop des Professors Grünspecht konsequent gefolgt und es stellte sich heraus, dass Herr Bernard der Absender der meisten Drohschreiben war", verkündete die Verfassungsschützerin. „Danach haben wir seine Alibis an den Tagen der Verbrechen überprüft. Diese waren nicht nur sehr dünn, seine Eltern haben bei einer deutlicheren Befragung sogar eingeräumt, dass er doch nicht bereits zum Tatzeitpunkt wieder daheim gewesen ist. Außerdem hat er zwei Anzeigen wegen Verstößen gegen die nächtliche Ausgangssperre erhalten und ist in einem Fall von schwerer Körperverletzung vor sechs Jahren vorbestraft."

„Das war Notwehr!", protestierte Michaela. „Das hatte er mir genau geschildert."

„Offenbar sah dies das Gericht etwas anders", entgegnete Frau Maier. „Für den Tatzeitpunkt des gestrigen Mordes machte er die falsche Angabe, bei einem Freund übernachtet zu haben. Dieser hat jedoch ausgesagt, dass Bernard schon längst wieder gegangen war. Über seine weitere Abendgestaltung schweigt er, nachdem wir seine Version, er wäre nach Hause gefahren, widerlegen konnten."

„Er schützt mich!", fuhr es Michaela durch den Kopf. „Er will nicht, dass ich wegen ihm Ärger bekomme!"

Jene Erkenntnis ließ Gefühle in der Polizistin aufwallen, die sie eindeutig nicht erwartet hätte. Als kleines Mädchen hatte sie sich häufig vorgestellt, dass sie die Prinzessin wäre und ein edler Held sie beschützen würde. Nun musste die eingebildete Königstochter von damals sehen, wie ihr

Recke von einer bösen Hexe in den Kerker geworfen wurde. Das durfte sie nicht zulassen.

„Er war bei mir", sagte sie zunächst mit verhaltener Stimme.

„Bitte?!", fragte die Verfassungsschutzhexe überrascht.

„Jerome Bernard hat in meiner Wohnung die Nacht verbracht. Wir waren bis vor Kurzem ein Paar und haben uns am Abend getroffen."

„Schlafen Sie häufiger mit Verdächtigen in einem Mordfall von landesweitem Interesse?", spie Frau Maier ihren giftigen Fluch aus.

„Wie können sie es wagen!", fauchte Michaela zurück.

„Schluss jetzt!", kommandierte Manfred Schröder und ließ dadurch beide Frauen zusammenzucken. „In mein Büro! – Sofort!"

Der versuchte Protest der Verfassungsschützerin erstarb aufgrund des Kasernenhoftons des Ersten Kriminalhauptkommissars. Die Gesprächsgruppe verlagerte sich umgehend zum Arbeitsplatz des Leiters der Saarbrücker Mordkommission.

Kapitel 19 – Konsequenzen

31. Dezember 2020, 15:58 Uhr

Nach dem letzten Punkt von Michaelas Aussage beendete Schröder die digitale Aufnahme. Wie gewohnt würde Frau Olschefski das Vernehmungsprotokoll sicherlich recht schnell gesichtet und es in den amtlichen Datenstrom der Polizei übertragen haben.

„Ist das alles?", fragte der Erste Kriminalhauptkommissar mit eiserner Miene.

„Ja", bestätigte Michaela, die sich sichtlich unwohl in ihrer Haut fühlte.

Ihre Gefühlslage erschien angesichts der Tatsache, dass die Beamten vom Landeskriminalamt und die Verfassungsschützerin ebenfalls anwesend waren, nicht weiter verwunderlich. Schröder stützte sich auf seinem Schreibtisch ab und sog deutlich hörbar die Luft ein.

„Es tut mir leid, Michaela, aber vor diesem Hintergrund bist du einfach zu tief in der Sache drin, als dass ich dich weiter ermitteln lassen kann", sagte ihr Chef. „Ich muss dich zu deinem eigenen Schutz vorübergehend suspendieren."

„Was?!", rief die Kriminalkommissarin und sprang auf.

„Bitte jetzt keine Show", fuhr ihr Chef fort. „Du kannst froh sein, dass ich dich nicht unter Arrest stelle. – Nur ... verlasse vorerst nicht die Stadt!"

„Aber ... !"

„Deinen Dienstausweis und deine Waffe, bitte!", befahl Schröder.

***

Für ihren Geschmack geradezu unprofessionell stürmte Michaela nach dem Gespräch sofort die Damen-Toilette. Hier durfte im Moment nur eine Person anwesend sein und es galt dementsprechend auch keine Maskenpflicht, was ihr gerade sehr gelegen kam.

Die Kommissarin schaute in den großen Spiegel und dann hielt sie die Tränen nicht mehr zurück. Eine derartige Schwäche zu zeigen, das verbat ihre Ausbildung und Erziehung. Zu Wut und Enttäuschung kam nun noch Scham.

Ihr Chef und ebenso die anderen Soko-Kollegen könnten nun zu dem Schluss gelangen, dass sie selbst die Martial Arts Killerin sei, schoss durch ihren Kopf. Sie lieferte dafür genug Hinweise. Ihre eigene Theorie sprach sogar gegen die Unschuld der Kriminalkommissarin.

Eine blühende Fantasie zu haben, ist bisweilen auch ein Nachteil, denn diese kann sich in Kombination mit den versteckten Ängsten leicht verselbstständigen. Michaelas Gedanken begannen entsprechend zu kombinieren.

In persönlichen Gesprächen kritisierte sie regelmäßig bestimmte Maßnahmen zur Pandemiebekämpfung. Die Frustration über den Wegfall sämtlicher von ihr geschätzter Freizeitaktivitäten, dabei gerade auch dem Kampfsporttraining, hatte sie in den vergangenen Wochen in privaten Gesprächen in den Teeküchen von Sitte und Mordkommission immer wieder deutlich gemacht.

Sie selbst passte auf das Profil einer Nahkampfexpertin, welche in der Lage war, die durch die Gerichtsmedizin ermittelten Mordtechniken mit gezielter Wirkung anzuwenden. Zudem schien sie auf den ersten Blick im kampfkunstaffinen Saarland gut genug vernetzt, um die Ablehnung gegen die Lockdown-Befürworter bis ins Extreme zu teilen. Verdammt! Sie lieferte sogar den Verdacht, mit dem vermeintlichen Haupttäter zusammenzusein und diesen nun zu decken. Wer sagte denn, dass sie sich bei den Morden nicht abwechselten? Zwei durch die Dame, zwei durch den Herrn?

Mit ihrer Theorie lieferte sie sogar noch ein weiteres mögliches Motiv für sich selbst. Sie hatte Sofie Frei gekannt und demnach schon vor einem Jahrzehnt geplant, die Peiniger der Schulfreundin zu bestrafen. Sie war nur deshalb Polizistin geworden und hatte aus diesem Grund darauf hingearbeitet, in die Mordkommission zu kommen, um dann, im Schatten der Pandemie, zwei Fliegen mit einer Klappe zu schlagen. Ihr Lockdown-Befürworter hassender Bettgefährte und sie erledigten so einen nach dem anderen die Vergewaltiger und Mörder des Mädchens. Der Kriminalkommissarin fiel es dabei leicht, alles so zu takten, dass die Ermittlungen bei ihr landen würden. Michaelas inneres Auge sah sie schon auf der Anklagebank und bei der Verurteilung zu einer lebenslangen Haftstrafe mit anschließender Sicherungsverwahrung.

Ein mit beiden Händen ins Gesicht geworfener Schwall kalten Wassers vermochte die junge Frau wieder einigermaßen zur Besinnung zu bringen. Sie sah sich im Spiegel an und verfluchte innerlich die Tatsache, nun total verheult auszusehen. Als Übersprunghandlung ging sie, nachdem ihr Gesicht trocken war, zunächst auf ein stilles Örtchen. Dort sammelte sie sich. Es schien an der Zeit, einen klaren Kopf zu bekommen. Man wollte sie bei den Ermittlungen nicht dabei haben? Na schön! Dann sollten ihr Chef, die Kollegen und die Verfassungsschutzhexe eben sehen, was sie davon hätten. Wenn der Martial Arts Killer sich heute Nacht um den Landrat kümmerte, würden sie feststellen, wer hier recht behielt. Außerdem: Niemand war unersetzlich. Vielleicht fassten sie ja den oder die Täter und dann würde sich schon alles finden. Für ihre Karriere erschien es zwar nicht unbedingt rühmlich, wie ihr erster Mordfall verlaufen war, doch das Scheitern der anderen könnte sogar noch zu ihrem Vorteil werden.

Michaela verschloss ihre Hose, wusch ausgiebig die Hände und trat wieder vor die Damentoilette. Dort wartete bereits der Kollege von der Sitte,

den Schröder als ihren Anstands-Wau-Wau einge-
teilt hatte. Die Kommissarin begab sich wei-
sungsgemäß zu ihrem Arbeitsplatz, um ihre
persönlichen Sachen zu holen. Dann sollte sie die
Direktion umgehend verlassen.

Mit deutlichem Zorn im Bauch suchte Michaela
im Autopilotenmodus ihre Habseligkeiten wie
Smartphone, Haarband und Autoschlüssel
zusammen, welche sie mit in den unfreiwilligen
Urlaub nehmen wollte, und verstaute diese ohne
genauer hinzusehen in ihrer großen Lederhand-
tasche. Als sie im Sturmschritt aus dem Büro trat,
stieß sie fast mit Professor Baumann, dem Leiter
der Gerichtsmedizin, zusammen. Der Endfünf-
ziger mit seiner altmodischen Hornbrille und den
glatten, schwarz gefärbten Haaren hätte dabei
unter Umständen das Vergnügen gehabt, mit dem
Gesicht im Busen der Kriminalkommissarin zu
landen, denn mit ihrem hocherhobenen Kinn
befand er sich allenfalls auf dessen Höhe.

„Hoppla", kommentierte Baumann den Beinahe-
zusammenstoß. „Sie haben es aber eilig, zu Hause
Silvester ohne Feuerwerk zu feiern, Frau Burghardt."

Das Verkaufsverbot von Feuerwerksartikeln in diesem Jahr sollte vermeiden, dass durch unsachgemäßen Gebrauch weitere Patienten in die überfüllten Notaufnahmen der Republik gespült wurden. Die Maßnahme traf in der Bevölkerung auf breites Unverständnis. Michaela erschloss es sich auch nicht, warum mit der gleichen Begründung nicht ebenfalls das Auto- und Fahrradfahren verboten wurde. Hier gab es jeden Tag neue Intensivpatienten zu verzeichnen und darauf könnte man mit derselben Argumentation verzichten.

„Ich bin hier leider nicht mehr erwünscht, Herr Professor", entgegnete die Kommissarin mit kaum geöffnetem Mund.

„Das wurde mir gerade erklärt und ich versichere Ihnen, ich halte es für absolut ungerechtfertigt", sagte der Gerichtsmediziner in versöhnlicher Tonlage. „Es ist immerhin in unserem überschaubaren Saarland nicht verwunderlich, dass sich hier gefühlt jeder kennt. Man wird sicherlich schnell realisieren, welch gute Arbeit Sie in diesem Fall bisher geleistet haben."

„Mit Ihrem Beitrag kann das leider nicht mithalten", entgegnete Michaela. „Bis auf die von

Ihnen genau ermittelten Mordtechniken haben wir ja lange Zeit nur im Trüben gefischt. Ich bin immer noch beeindruckt, dass Sie dies anhand der Leichen festgestellt haben."

Den kurzen Blick nach rechts des Gerichtsmediziners deutete die Kommissarin als eine Übersprunghandlung. Wieder einmal ärgerte sie sich über die medizinische Maske ihres Gegenübers, die einen Großteil des Mienenspiels verschleierte.

„Wir tun alle unsere Arbeit und haben alle unsere besonderen Fähigkeiten", entgegnete der Professor. „Aufgrund der Verletzungen und der gefundenen Abdrücke lässt sich nahezu alles rekonstruieren."

„Nahezu alles?", hakte Michaela nach.

„Nun ja, eine gewisse Unschärfe muss ich schon einräumen", gestand der ältere Mann. „Doch gerade in diesen Fällen bin ich mir recht sicher gewesen."

„Warum?", wollte die Kommissarin wissen und folgte damit mehr einem inneren Impuls als einer geplanten Gesprächsführung.

„Oh, das kommt von meiner Vorbildung", erklärte der Leiter der Gerichtsmedizin. „Vielleicht hat Ihnen das Rüdiger noch nicht erzählt, aber wir haben uns in jüngeren Jahren regelmäßig gegenseitig auf die Matte geworfen. Ju Jutsu ist ein Hobby von mir gewesen, bis meine Bandscheiben sich dagegen entschieden haben."

„Ah ja, das hat mir Rüdiger tatsächlich noch nicht verraten", entgegnete die Kommissarin.

***

Begleitet vom Anstands-Wau-Wau setzten beide den Weg in Richtung Tiefgarage fort und unterhielten sich dabei über die aktuellen Entwicklungen in der Pandemie und was das kommende Jahr hier womöglich bringen würde. Michaela genoss den Small Talk, da dieser sie von ihren düsteren Gedanken ablenkte. Kurz vor dem Zugang zur Tiefgarage verabschiedete sich der Professor, da sein Wagen vor dem Polizeigebäude stand. Der Kollege von der Sitte ließ seine jüngere Kollegin noch durch die Tür und folgte kurz mit seinem Blick ihrem Weg zum Auto, ehe er die Feuerschutztür wieder hinter sich zuzog.

„Glücklicherweise beobachtet er nicht, wie ich aus dem Gebäude hinausfahre", dachte sich die Polizistin.

Ihr alter, grüner Renault wartete auf dem Abstellplatz nahe der Fläche mit den beschlagnahmten Automobilen bereits darauf, aufgeschlossen zu werden. Doch den Autoschlüssel, welchen Michaela nun aus ihrer Handtasche herauszog, kannte jenes Vehikel nicht. Der Schlüssel gehörte zu einem BMW, das verrieten das Symbol auf der silberhinterlegten Oberseite und ein lederner Anhänger. Das Stück Kunststoff mit metallenen Anteilen ließ vermuten, dass es zu einem teuren, fahrbaren Untersatz passen musste. Die stumpfe Spitze beinhaltete sicher mehr Elektronik, als die herkömmliche Mechanik eines Schlüssels. Solch ein Auto fuhren nur Menschen mit einem besseren Einkommen als die Kriminalkommissarin.

Gedankenverloren drückte Michaela den Knopf zum Entriegeln. Darauf blinkte es schräg links vor ihr. Sie hob ihren Kopf und schaute hinüber zu den beschlagnahmten Fahrzeugen. Erneut betätigte sie die Taste und wieder meldete sich ein abgestellter. Wagen. Eine weitere Betätigung der Entriegelung bestätigte ihr, auf dem richtigen

Weg zu sein, als sie sich dem Fahrzeug näherte. Aus ihrem Verdacht erwuchs Gewissheit mit jedem Schritt, den sie dem BMW näher kam. Es handelte sich um das Auto des zweiten Mordopfers, Hans-Peter Schulmann, welches die Kollegen von der kriminaltechnischen Untersuchungsstelle hier abgestellt hatten.

Mit Entsetzen erinnerte sie sich daran, dass der Schlüssel des Fahrers nicht gefunden worden war. Jetzt hielt sie diesen in ihren Händen. Wie konnte so ein Beweisstück auf einmal bei ihr auftauchen? Die Handtaschen von Damen sorgten zwar immer wieder für mystisch-ironische Bemerkungen der Herren, doch hier musste jemand ganz profan Hand angelegt haben. Jemand, der im Polizeipräsidium ein- und ausgehen konnte und der sie in den Verdacht bringen wollte, die Martial Arts Killerin zu sein.

Ein eiskalter Schauer lief Michaelas Rücken hinunter. Die Erkenntnis traf sie wie ein gesprungener Kniestoß. Nur der Mörder konnte diesen Schlüssel gehabt haben. Es musste sich also um einen Kollegen oder zumindest Mitarbeiter in der Direktion handeln. Dieser arbeitete nun darauf hin, ihr die Anschläge in die Schuhe zu schieben.

Und es sah alles danach aus, dass er damit Erfolg haben würde.

Die Kriminalpolizistin begann am ganzen Körper zu zittern. Sie verfluchte innerlich den Tag, an dem sie sich in die Mordkommission hatte versetzen lassen. Was ihr Karrieresprungbrett werden sollte, könnte sie nun für immer aus dem Polizeidienst entfernen und zur Kriminellen machen. Panik breitete sich in ihr aus. Fieberhaft überlegte sie ihre nächsten Schritte.

Sie zog ein Feuchttuch aus ihrer Handtasche und wischte ausgiebig den BMW-Schlüssel ab. Direkten Handkontakt vermied sie, indem sie ihren Jackenärmel über die linke Hand zog. Danach warf sie den Gegenstand unter den zur Beweissicherung abgestellten Wagen. In ihrem Geist dankte sie der Tatsache, dass seinerzeit der Datenschutzbeauftragte eine vollständige Überwachung des Parkdecks der Polizisten via Kameras als unverhältnismäßig abgeblockt hatte.

Michaela sprang geradezu in ihr Auto und verließ mit deutlich höherem Tempo als gewohnt die Tiefgarage. Bei einer ansteigenden Kurve setzte ihr Renault daher sogar leicht auf.

„Nur weg hier!", lauteten ihre von Panik erfüllten Gedanken, während das Präsidium zügig aus ihrem Rückspiegel verschwand.

Kapitel 20 – Im falschen Film

31. Dezember 2020, 16:42 Uhr

Sollte anhand dieser realen Mordserie jemals ein Tatort für Deutschlands Wohnzimmer entstehen, Michaela war sich sicher, sie würde ihn für vollkommen unrealistisch halten.

In ihrer Wohnung angekommen schloss sich die vorübergehend suspendierte Kriminalkommissarin ein und sprang in ihre Lieblingsjogginghose und den Wohlfühlkapuzenpulli. Das half jedoch wenig, ihr Gemüt aufzuheitern. Wie eine Löwin im Käfig zog sie immer wieder ihre Kreise und ließ dabei auch den aus Zorn und Angst genährten Tränen freien Lauf. Sich in Selbstmitleid zu ergehen, tat ihr für diesen flüchtigen Augenblick gut.

Sie, die Vorzeigepolizeischülerin mit dem Bilderbuchabschluss, durfte in der Mordkommission arbeiten. Noch vor wenigen Tagen schien ihr der Weg zu einer Hauptkommissarin sicher. Vielleicht hätte sie sogar irgendwann die Leitung als Erste

Kriminalhauptkommissarin übernehmen können. Die Chancen hierfür standen zuletzt nicht so schlecht. Vermutlich wäre Manfred Schröder ein ebenfalls recht alter Kollege nachgefolgt. Mit passenden Leistungen und Beurteilungen sowie einer günstigen Familienplanung zwischen den Beförderungen sollte die Frauenförderung in der saarländischen Polizei das Ihre dazu beitragen. Heute gestaltete sich die Zukunftsvision jedoch vollständig anders. Im Moment sah alles danach aus, als ob ihr eine Mordserie in die Schuhe geschoben wurde.

Michaela sammelte sich und kam zu dem Schluss, dass es hierfür sogar zwei Ansätze gab. Beide ordnete sie unter normalen Vorzeichen als vollkommen unwahrscheinlich ein, dennoch musste einer zutreffen.

Zunächst bestand die Möglichkeit, dass sie als junge Frau mit hervorragenden Karriereaussichten Neider in der Direktion aus dem Alltagstrott und Büroschlaf aufgeschreckt haben könnte. Diese nutzten nun die Chance, um die unliebsame Kollegin aus dem Dienst zu entfernen. Gegen diese Theorie sprach, dass sie außer ein paar Frotzeleien von Rüdiger noch keinerlei Mobbingerfahrungen bei der Kriminalpolizei gemacht hatte. Im Allgemeinen fühlte sie sich bisher im Kollegenkreis sogar sehr wohl und überhaupt kannte sie so etwas einfach nicht.

Das wiederum führte Michaela dazu, Theorie Nummer zwei als wahrscheinlicher anzusehen, obwohl diese noch unwahrscheinlicher klang. Nicht nur die Presse hatte einen Informanten bei der Polizei. Der Martial Arts Killer hatte ebenfalls einen Verbündeten im Polizeipräsidium, vielleicht sogar in der Sonder- oder Mordkommission. Oder er war ein Mitarbeiter beziehungsweise Ermittler. Doch wer kam dafür infrage? Wie schon zuvor traf sie die Erkenntnis, dass sie eine hervorragende Kandidatin für den ersten Platz auf der Liste der Verdächtigen darstellte. Da sie jedoch mörderisches Nachtwandeln für sich selber ausschloss, musste es jemand anderes sein. Nur wer?

Der Kopf der jungen Kommissarin brummte und Beklemmung umfing sie. Michaela holte die MMA-Handschuhe aus ihrer Trainingstasche, die sie im Schlafzimmer deponiert hatte, und begab sich zu der Ecke des kleinen Wohnzimmers, in der ihr Boxsack von der Decke hing. Sie begann mit einigen lockeren Aufwärmübungen. Hierfür ging sie vor und zurück und schlug Wing Chun-Kettenfauststöße in die Luft. Jene Kampftechnik, bei der wechselseitig ein Fauststoß nach dem anderen über das Handgelenk der vorderen Faust gestoßen wird, gehörte nicht mehr zu ihrem bevorzugten Arsenal. Hier war es zwar möglich, eine hohe Kadenz an Angriffen zu fahren, diese hatten jedoch im Vergleich zu Boxkombinationen eine überschaubare Wirkung im Ziel. Hin und wieder hatte sie diese Technik aber in sehr naher Distanz verbunden mit wechselseitigen Körperdrehungen im Sparring erfolgreich angewendet - vor dem Lockdown. Und für das Aufwärmen gab es für sie nichts Besseres. Nach zwei Minuten legte sie die Hände an die Hüften und ließ das Becken ausgiebig gegen und mit dem Uhrzeigersinn kreisen. Einige leichte Mobilisationsübungen für die Extremitäten und den Oberkörper, bei denen sie unter anderem mit geschlossenen, gestreckten Beinen den Boden berührte, rundeten ihr Aufwärmprogramm ab.

Jetzt ließ sie den Boxsack tanzen. Jab, Punch, linker Hook, rechter Hook war ihre Standardkombination. Die vordere linke Gerade leitete dabei den Angriff der Schlaghand ein, bevor die Hakenfaustschläge mit ordentlicher Wirkung trafen. Aus Rücksicht auf ihre Gelenke blieb sie bei 70 bis 80 Prozent ihrer maximalen Schlagkraft. Nach einer Weile streute sie Roundhousekicks ein, die sie wie eine Thaiboxerin mit dem Schienbein und voller Körperdrehung ins Ziel brachte. Diesen folgten dann Ellbogenschläge und Kniestöße, wobei sie sich mit einer oder beiden Händen an ihrem Trainingsgerät festhielt. Schließlich kamen zu ihrem Work-out Takedowns hinzu. Hierfür tauchte sie nach einer Schlagkombination bis zum unteren Ende des Boxsacks ab, umfasste diesen mit den Armen und klemmte ihren Kopf seitlich gegen das Kunstleder. Mit ganzem Körpereinsatz schob sie den schweren Übungsgegner in die Ecke des Wohnzimmers und versuchte gleichzeitig, die fest an der Decke verankerte Kette aus ihrer Vorrichtung zu reißen. Dies ergab ein anstrengendes, isometrisches Krafttraining, das mit entsprechendem Schweißausbruch belohnt wurde.

Nach fünfzehn Minuten hatte Michaela genug. Sie brachte ihre Handschuhe zurück ins Schlafzimmer, legte die verschwitzten Klamotten auf ihren Wäschekorb zum Trocknen und verschwand mit neuen Sachen im Bad. Eine ausgiebige, warme Dusche später, fühlte sie sich schon etwas besser.

Mit leicht geföhnten Haaren, die sie in einen Handtuchturban wickelte, ging sie zurück ins Wohnzimmer und gönnte sich und ihren vier Wänden ein kurzes, kaltes Stoßlüften. Danach rief sie ihre „Mama" an. Michaela stellte das Nesthäkchen unter drei Kindern. Ihre Mutter, die einen fünf Jahre älteren Mann geheiratet hatte, war bereits 59 und freute sich stets über einen Besuch oder Anruf der unverheirateten Tochter. Aus Vorsicht vor einer Ansteckung mit dem neuartigen Virus und auch aufgrund der strengen Verordnungen zur Beschränkung der ungeschützten Kontakte, korrespondierten die beiden Frauen hauptsächlich via Videokonferenz. Das dafür jedoch umso öfter.

„Schätzchen! Schön, dass du anrufst", meldete sich die Mutter und hielt ihr Smartphone so, dass ihr volles Gesicht gut zu erkennen war. „Ich habe gerade in den Nachrichten gehört, dass sie den Kampfsportmörder geschnappt haben. Hast du jetzt endlich mal ein paar Tage frei?"

„Hallo, Mama! Ja, könnte man sagen. Ich bin mir im Moment nur nicht sicher, ob es wirklich vorbei ist."

„Wieso?"

„Es könnte sein, dass sie den Falschen haben. Es ist nämlich Jerome, der in Untersuchungshaft sitzt."

„Was? Der schicke Halbfranzose, der dir zu doof war?"

„Ja, genau der", seufzte die Tochter.

„Oje", meinte die Mutter. „Das muss sicher schlimm gewesen sein, als du ihn verhaftet hast. Hattest du ihn schon lange nicht mehr gesehen?"

„Ich habe ihn nicht verhaftet und er hat gestern Nacht bei mir geschlafen."

„Bei dir oder mit dir?"

„Mama!"

„Pardon, das ist deine Sache. Nur finden das die Kollegen sicherlich nicht gerade gut."

„Ich wurde deshalb suspendiert. Angeblich zu meinem eigenen Schutz."

„Oje, oje!", kommentierte Michaelas Mutter diese Beichte ihrer Jüngsten. „Und was passiert jetzt?"

„Ich habe erst mal frei", antwortete die Kriminalkommissarin.

Das weitere Gespräch verlief sich in Belanglosig-
keiten. Die beiden Frauen redeten noch darüber,
dass Michaela ihrem Ex-Freund die Taten nicht
zutraute, sie sprachen über die Pandemie und
deren dramatische Entwicklung, sie tauschten
Neuigkeiten aus dem Familienkreis aus. Details
zu ihren Ermittlungen, insbesondere ihre eigene
Theorie und den Vorfall mit dem plötzlich auf-
getauchten BMW-Schlüssel, behielt die Kommissarin für sich. Zwanzig Minuten später beendeten
die beiden Frauen das Gespräch und wünschten
sich wechselseitig einen guten Rutsch ins Jahr
2021. Kurz nach Mitternacht wollten sie wieder
miteinander telefonieren.

Michaela legte ihr Smartphone auf den kleinen
Wohnzimmertisch und fasste sich zum Nach-
denken an die Nase. Was sollte sie jetzt tun? War
es wirklich richtig, hier herumzusitzen und zu
warten, dass der echte Mörder gefasst wurde,
Landrat Kubek zu Tode kam oder ein Sondereinsatzkommando hier auftauchte, um sie zu verhaften? Was blieb ihr anderes übrig? Sie konnte
ja schlecht die Sache selbst in die Hand nehmen
und wie in einem vollkommen überzogenen
Krimi auf eigene Faust den Martial Arts Killer

ermitteln, auf frischer Tat ertappen und als gefeierte Heldin den Ruhm für ihren Erfolg einstreichen. Die Realität schrieb nicht die Drehbücher für so einen Film.

Auf der anderen Seite ... Was hatte sie schon zu verlieren? Ihre Karriere in der Mordkommission hing am seidenen Faden, die Verbeamtung auf Lebenszeit war ebenfalls in Gefahr. Unter den gegebenen Umständen konnten eigene Nachforschungen und Rückschlüsse die Sache kaum noch schlimmer werden lassen. Gleichzeitig gab es viel zu gewinnen. Sollte sie im Stil einer knallharten US-amerikanischen Privatdetektivin aus Film oder Fernsehen den Martial Arts Killer dingfest machen, dann wäre der arme Jerome frei und alles im Lot.

Michaela ging zurück ins Badezimmer, nahm das Handtuch von ihrem Kopf und hängte es auf. Sie griff nach einem Haargummi und bändigte ihre blonde Mähne zu einem Pferdeschwanz. Dann schaute sie der jungen Kriminalkommissarin im noch immer leicht angelaufenen Spiegel genau in die Augen.

„Wenn ich hier schon im falschen Film bin", sagte sie entschlossen zu ihrem Spiegelbild.

„Dann entscheide ich selbst, welche Rolle ich darin spiele!"

Kapitel 21 – Privatermittlerin

31. Dezember 2020, 18:02 Uhr

Häufig lässt sich ein Problem dadurch lösen, dass man einen gänzlich anderen Betrachtungswinkel dazu einnimmt. Diese Weisheit kannte auch Michaela. Sie mochte bisher nur eine Reihe von Puzzlestücken gesehen haben, die kaum zusammenpassten. Da ihr vermutlich der Mörder oder seine Verbündeten bereits Steine in den Weg legten, schien es jedoch wahrscheinlich, dass die Ermittlerin näher an der Lösung des Rätsels um den Martial Arts Killer war, als sie selbst dachte. Es galt somit die zur Verfügung stehenden Fakten neu zu sortieren und auf diese Weise einen besseren Überblick, einen neuen Betrachtungswinkel, zu gewinnen.

Die Kriminalkommissarin holte einige Schmierblätter aus ihrer Büroecke im Wohnzimmer und bewaffnete sich obendrein mit Post-its und einem Kugelschreiber sowie einer Rolle Tesafilm. Auf DIN A4-Blätter schrieb sie zunächst die Namen von Sofie Frei (Opfer 2010 / Motiv 2020), Gernot Müller (1. Opfer 2020), Hans-Peter Schulmann (2. Opfer 2020), Klaus-Dieter Grünspecht (3. Opfer 2020), Jürgen Ginzel (4. Opfer 2020), Wolfgang Kubek (Täter 2010 / 5. Opfer 2020 ?), Arthur Ross (1. Verdächtiger), Mario Longini (2. Verdächtiger) und Jerome Bernard (3. Verdächtiger). Damit hatte sie die bisherigen Mordopfer, die Tatverdächtigen und das potenzielle Motiv in Personen gefasst. Entsprechende Notizen zum Tathergang, zu möglichen Alibis und Motivationen fasste sie ebenfalls auf den Blättern bei den Namen zusammen, so genau sie sich noch an diese zu erinnern vermochte. Danach heftete sie die Zettel mit Klebestreifen an verschiedene Möbel in ihrem Wohnzimmer. Die verdächtigen Kampfkünstler klebten an ihrem Boxsack. Die Mordopfer fanden ihren Platz an Michaelas Bücherregal und dem Fernsehschrank. Sofie Frei und Wolfgang Kubek bekamen den linken und rechten Platz an der Lehne ihres kleinen Sofas.

Die vor zehn Jahren an jener dreizehnjährigen Schülerin verübten Verbrechen mussten die Motivation für alle Morde sein. Dessen war sie sich sicher. Der Umstand, dass Müller, Schulmann und Ginzel in die Verhandlung von Grünspecht involviert waren, ließ aus ihrer Sicht keinen anderen Schluss zu. Das konnte einfach kein Zufall sein. Doch wie stand es um den Landrat und ehemaligen Leiter der Mordkommission? Sollte sie ihn wirklich als Komplizen bei der Vertuschung sehen, der nun als potenziell fünftes Opfer infrage kam, oder übersah sie dabei eine andere mögliche Deutung?

Was wäre, wenn das Vernichten aller Beweise und Daten im Mordfall Sofie Frei doch einfach nur ein Fehler gewesen war? Was wäre, wenn an dem Ersten Kriminalhauptkommissar a.D. Wolfgang Kubek seit zehn Jahren die Gewissheit nagte, dass er jenen vier vermeintlichen Saubermännern die gerechte Strafe vorenthielt? Konnte es sein, dass er im vergangenen Jahrzehnt nur auf eine Chance gewartet hatte, seinen eigenen Richtspruch über die Verbrecher zu vollstrecken?

In Michaelas Kopf formte sich folgendes Bild: Von Schuldgefühlen und Albträumen geplagt studiert Kubek das Verhalten der vier Kriminellen zehn lange Jahre. Er lernt sie auf der öffentlichen Bühne besser kennen und gewinnt sogar ihr Vertrauen. Dann kommt die Pandemie. Als vorsichtiger Landrat ergreift er früh Maßnahmen, um die Infektionszahlen in seinem Landkreis im Zaum zu halten. Er bekommt dafür Morddrohungen aus dem Lager der Corona-Leugner und informiert sich genauer, welche Aktivitäten diese durchführen und wie sie argumentieren. Dabei stolpert er über die kaum verhohlenen Drohungen von Arthur Ross und Mario Longini und sieht seine Chance gekommen, der Gerechtigkeit genüge zu tun. Er entschließt sich, den Mythos des Martial Arts Killers aus den Reihen der radikalen Querdenker zu schaffen, um so unerkannt die vier Täter brutal ins Jenseits zu befördern. Hier passte scheinbar alles.

Kubek wusste sicher auch, wie man Hinweise für Ermittlungen vermied oder die Spurensuche ungemein erschwerte. Er könnte Komplizen in der Direktion haben, die ihm hilfreich zur Seite standen, und in seiner Position mochte er vielleicht auch einen willigen Killer finden, der die Taten für ihn beging, um für sich ein Alibi zu sichern. So könnte es tatsächlich sein.

Michaela musste sich erst einmal setzen. Sie war von dieser neuen Sichtweise auf die Mordserie selbst überrascht und von ihren aktuellen Fähigkeiten zur Kombination von Fakten geradezu begeistert. Für ihre Theorie sprach zudem, dass ihr Chef, Manfred Schröder, Kubek derart enthusiastisch verteidigt hatte. Dem Leiter der Mordkommission traute die Kommissarin eine hervorragende Menschenkenntnis zu. Wenn dieser den ehemaligen Kollegen als einen Täter für den Fall Sofie Frei ausschloss, dann galt es dieser Einschätzung einiges an Gewicht zu geben. Hierdurch wurde der Landrat für Michaela vom potenziellen fünften Opfer zum absoluten Hauptverdächtigen. Die Kommissarin nahm seinen Zettel von ihrem Sofa und fügte eine entsprechende kurze Notiz hinzu. Wenn Sie hiermit recht behalten sollte, dann galt es jedoch noch zwei offene Fragen zu klären. Nur wenn deren Lösung mit dem Verdacht in logischen Einklang gebracht werden könnte, müsste sie von einer echten Spur ausgehen.

Zu lösen blieb:

1. Wie war es dem Martial Arts Killer gelungen, Ginzel unerkannt in der Tiefgarage des Gerichtsgebäudes zu töten?

2. Wie kam Schulmanns verschwundener BMW-Schlüssel im Präsidium in ihre Handtasche?

Die Antworten auf diese Fragen mussten sie unweigerlich zum Täter führen. Da war sich Michaela sicher.

Nach dem ihr bekannten Ermittlungsstand gab es noch keinen Hinweis darauf, wie der Mörder unentdeckt ins Gerichtsgebäude gelangt war und warum die Stromversorgung ausfiel, sodass Ginzel dann mit den Kniefalltechniken brutal erledigt werden konnte. Eigentlich sollte nur die Haustechnik Zugang zum entsprechenden Raum haben.

In Michaelas Geist entstand das Bild eines Superagenten, der mit spielender Leichtigkeit die verschlossene Tür zum Schalterraum überwand und dort eine hochmoderne Apparatur anbrachte. Per Fernbedienung deaktivierte diese die Stromversorgung des Gebäudes, als er den passenden Moment gekommen sah. Mit einem Wärmebildnachtsichtgerät vor den Augen überwältigte er dann sein Opfer und schickte es ins Jenseits. Das Gerät vernichtete sich danach von selbst rückstands- und spurenfrei.

Für einen US-amerikanischen Agentenfilm würde dies durchaus eine schöne Lösung sein. Im Saarland des ausgehenden Jahres 2020 sollte jedoch eine wesentlich einfachere Vorgehensweise dasselbe Ergebnis gebracht haben. Wenn nur die Haustechnik Zugang zu dem Raum hatte, so musste einer der Hausmeister zu den Verbündeten des Martial Arts Killers gehören. Eine Absprache am Abend der Tat, eine kurze Textnachricht aufs Smartphone und die Lichter im Haus sowie in der Tiefgarage gingen aus. Der Komplize wusste sicher auch, wie man sich zu bewegen hatte, um nicht auf den Bildschirmen der Überwachungskameras aufzutauchen. Diese erfassten unmöglich alle Winkel des Gebäudes. Vielleicht gab es hier ebenfalls Bedenken mit dem Datenschutz.

Diese Theorie zu überprüfen, dürfte im Moment für sie nicht ganz leicht sein, befand Michaela. Jedoch konnte sie als möglich und glaubhaft vermerken, dass Kubek einen Mitarbeiter im Gericht kannte. Vielleicht sogar den Leiter der Haustechnik?

Die suspendierte Kriminalkommissarin klappte ihren privaten Laptop auf und begann eine Internetrecherche. Er dauerte keine fünf Minuten, bis sie einen Artikel der Saarbrücker Zeitung mit Bild aus dem Oktober dieses Jahres fand. Landrat Wolfgang Kubek war hier zu Gast im Gebäude des Landgerichts, um sich über die Effizienz der neu eingebauten Luftfilter zu informieren. Die Personen trugen zwar alle eine Mund-Nasen-Bedeckung, jedoch verriet die Bildunterschrift, wer der Landrat und wer Klaus Olschefski, der Leiter der Haustechnik des Gerichts waren.

***

Michaelas Blick hing wie gebannt an der Halbglatze mit den grauen Haaren des Endfünfzigers. Nicht nur, dass nun erwiesen schien, dass der wichtigste Hausmeister des Landgerichts den Hauptverdächtigen kannte, seine wenige Jahre jüngere Frau musste bereits unter Kubek Sekretärin der Mordkommission gewesen sein. Die suspendierte Kriminalkommissarin erinnerte sich daran, dass sie Klaus Olschefski vor Weihnachten einmal im Präsidium gesehen hatte, als dieser gerade seine bessere Hälfte abholen wollte.

Nun ergab sich ein vollkommen klares Bild. Die Olschefskis mussten Kubek schon seit mehr als einem Jahrzehnt verbunden sein. Vielleicht hatte Frau Olschefski den Fehler mit der Beweisvernichtung 2010 sogar selbst oder zumindest mitverschuldet. Sie fühlte sich seitdem genauso unwohl wie Kubek und half ihm schließlich dabei, die perfekten Morde durchzuführen, indem sie auch in diesem Fall Spuren verwischte. Ihr Mann hingegen unterstützte die beiden, den korrupten, verbrecherischen Richter zu ermorden.

Die Antwort auf ihre erste offene Frage nach der Tiefgarage erschien Michaela derart logisch, dass sie mögliche Zufälle ausschloss. Ja, der Pressetermin hätte nichts bedeuten müssen, doch die zusätzliche Verbindung zu einer Mitarbeiterin in der Mordkommission hinterließ einfach einen zu auffälligen Eindruck, um von der Hand gewiesen werden zu können. Die Kommissarin erstellte für Herrn und Frau Olschefski einen eigenen Zettel, brachte ihre Schlussfolgerungen zu Papier und gönnte ihnen einen Platz neben Kubek auf dem Sofa. Jetzt galt es sich der zweiten offenen Frage anzunehmen:

Wie gelangte Schulmanns verschwundener BMW-Schlüssel in der Polizeidirektion in ihre Handtasche?

Michaela Burghardt schloss die Augen und versuchte, sich an Details zu erinnern, welche sie allerhöchstens unterbewusst wahrgenommen

hatte. Sie ging den Weg, bevor sie den Autoschlüssel unter dem von der kriminaltechnischen
Untersuchungsstelle abgestellten Fahrzeug ent-
sorgte, gedanklich rückwärts. Dabei kam ihr
zunächst nichts Auffälliges in den Sinn.

Die junge Frau erhob sich aus dem Wohnzimmer-
sessel und lief auf und ab. Irgendein Detail
musste sie doch gesehen haben! Und in der Tat,
dann fiel es ihr wieder ein. Als sie, vom Kollegen
aus der Sitte gefolgt, ihre persönlichen Gegen-
stände am Schreibtisch zusammensuchte, hatte
sie auch einen Autoschlüssel genommen und in
ihre Handtasche gesteckt. Diesen würdigte sie vor
wenigen Stunden keines bewussten Blickes. Die
Gefühle der jungen Frau glichen zu diesem Zeitpunkt ja ohnehin einer Achterbahn. Den Schlüssel
für ihren Renault verwahrte sie jedoch stets in der
Damenhandtasche und pflegte ihn auch nicht vor
Erreichen der Tiefgarage herauszunehmen.

Es musste demnach jener verdächtige BMW-
Schlüssel gewesen sein, welchen der Mörder oder
seine Verbündeten auf ihren Tisch gelegt hatten.
Frau Olschefski bildete eindeutig die Spitze der
möglichen Schuldigen. Sie besaß ungehinderten
Zugang zu den Büroräumen und konnte

zusammen mit Akten absolut unauffällig den wichtigen Beweis auf ihrem Schreibtisch verlieren. Doch warum versteckte sie den Schlüssel nicht in einer Schublade oder steckte diesen in Michaelas Handtasche?

Für die Ermittlerin gab es dafür nur einen logischen Schluss: Es musste bei dieser Tat etwas schiefgegangen sein. Vielleicht war Frau Olschefski von einem Kollegen überrascht worden und musste den Schlüssel daher schnell loswerden. Für den eigentlichen Plan der Verschwörer hätte dies jedoch keinen besonders schwerwiegenden Nachteil bedeutet. Würden die Ermittlungen erst einmal in Richtung der „Neuen" in der Mordkommission laufen, so wäre ein Blick auf ihren Arbeitsplatz geradezu obligatorisch. Wenn hier ein als Beweismittel vermisster BMW-Schlüssel offen herumliegen würde, dann könnte dies den Grund für eine Verhaftung liefern. Ihre Schusseligkeit nach der Suspendierung wäre das Argument, mit dem der Fund logisch gerechtfertigt werden könnte. So die Kriminalkommissarin beim vorerst letzten Gang in ihr Büro den Schlüssel bemerkt und gemeldet hätte, hätte man ihr aufgrund der aktuellen Situation unterstellt, dieses Beweismittel unterschlagen zu haben, und sie auch gleich mal dabehalten. Womit der Martial Arts Killer und seine Verbündeten sicherlich nicht gerechnet hatten, war die Tatsache, dass Michaela den Schlüssel gedankenverloren einpacken könnte. Das machte ihren eigentlichen Plan zunichte.

Die Ermittlerin musste sich eingestehen, dass ihre Überlegungen nach wie vor ausgesprochen fantastisch anmuteten. Eine derartige Verschwörung, wie sie sie aktuell annahm, war geradezu unvorstellbar. Die überaus unwahrscheinliche Verkettung von Zufällen und die Tatsache, dass gegen sie belastendes Material an ihren Arbeitsplatz gebracht worden war, gaben ihr die notwendige Gewissheit, nicht verrückt zu sein.

Erneut fanden entsprechende Notizen den Weg auf die vorbereiteten Zettel. Nach getaner Arbeit bewegte sich Michaela im Raum, um sicherzugehen, nicht noch ein Detail übersehen zu haben. Dabei erinnerte sie sich an die Frage, ob Kubek selbst der Mörder sein konnte oder ob der Landrat hierfür einen Komplizen beauftragen musste. Vielleicht hatte er eine Verbindung zur Kampfkunstszene, welche ein neues Licht auf den Fall werfen konnte.

Michaela setzte sich und nahm wieder ihren Laptop zu Hand. Das Ergebnis stellte sich überraschend schnell ein und es vernebelte ihr geradezu die Sinne. Auf der Webseite des Polizeisportvereins entdeckte sie ein Foto aus dem Jahr ihrer Einschulung, 2003. Es zeigte fast ein Dutzend Männer und Frauen mittleren Alters nach einer bestandenen Prüfung zum vierten schwarzen Gürtel, dem 4. Dan, im Ju Jutsu. Sie erkannte auch einige bekannte Namen und Gesichter. Zu den Prüflingen gehörten damals ihr Chef, Manfred Schröder, ihr Partner Rüdiger Edelmann und der Leiter der Gerichtsmedizin Professor Baumann. Einer der verantwortlichen Landesprüfer war ihr ebenfalls mittlerweile nicht unbekannt. Es war der Träger des 6. Dans und damit eines Rot-Schwarzen-Gürtels, der heutige Landrat Wolfgang Kubek.

Michaela Burghardt, die junge, suspendierte Kriminalkommissarin der Saarbrücker Mordkommission, gewann nun Gewissheit. Der von ihr mittlerweile auf privater Basis gejagte Martial Arts Killer musste auf jenem Foto zu finden sein.

Kapitel 22 – Was nun?

31. Dezember 2020, 18:37 Uhr

Michaela Burghardt, die frischgebackene Privatermittlerin wider Willen, wusste nun, dass ihr Hauptverdächtiger, Wolfgang Kubek, bereits vor 17 Jahren ein Großmeister des Ju Jutsu gewesen war. Er mochte mittlerweile über sechzig sein, doch sollte der Politiker, der alle anderen auf jenem Bild zumindest etwas überragte und keinesfalls schmächtig wirkte, immer noch in der Lage sein, sich seiner Haut zu erwehren. Auf aktuellen Aufnahmen erschien er vielleicht nicht mehr ganz so sportlich, jedoch ältere Männer mit überraschenden Angriffen ins Jenseits zu befördern, das traute sie ihm zu.

Was war mit ihrem Partner Rüdiger Edelmann? Wie stand es um seinen aktuellen Trainingszustand? So genau hatten sie sich hierüber in der kurzen Zeit ihrer Zusammenarbeit nicht unterhalten. Er hatte sich ein paar Mal „zum Sport" verabschiedet, was immer das auch heißen

mochte. Er könnte rein theoretisch Kubek verbunden genug sein, um sich in das Mordkomplott
verwickeln zu lassen. Immerhin war er bereits
2010 Teil der Mordkommission gewesen. Rüdiger Edelmann zu verdächtigen, behagte Michaela
jedoch überhaupt nicht. Sie hatte nun doch einige
Zeit in seiner Gegenwart verbracht und konnte
sich beim besten Willen nicht vorstellen, dass ihn
nicht wenigstens eine Aktion verraten hätte. Dennoch gemahnte sich die junge Ermittlerin im
Zuge einer wachsenden, leichten Paranoia dazu,
im Moment selbst ihrem persönlichen Partner
nicht zu trauen. Die Verbrechen an Sofie Frei
müssen derart abscheulich gewesen sein, dass
auch bei ihm, so wie bei ihr ebenfalls, Gedanken
an eine höhere Gerechtigkeit hätten aufkommen
können.

Im Gegensatz zu Kubek und Rüdiger erweckte
Professor Baumann, welchen sie heute wieder
einmal getroffen hatte, nicht den Eindruck eines
großen Kämpfers. Seine Position in der Gerichtsmedizin mochte er bestimmt schon über zehn
Jahre innehaben. Den Fall Sofie Frei sollte er
kennen. An ihm nagte vielleicht auch das Verschwinden der Beweise. Womöglich hatte er die

Leiche seinerzeit sogar obduziert. Er könnte ein wichtiger Verbündeter des eigentlichen Martial Arts Killers sein. Baumann sollte Zugang zum Gerichtsgebäude haben und ging auch bei der Polizei ein und aus.

Was hatte er heute im Präsidium gesagt? Er habe die Mordtechniken mittels seiner Nahkampfausbildung im Ju Jutsu so exakt rekonstruieren können? Er würde jedoch nicht mehr trainieren, wegen seiner Bandscheiben. Das glaubte sie ihm aufgrund seines physischen Gesamteindrucks. Dennoch beeindruckte sie die Genauigkeit seiner Einschätzungen. Vielleicht war es der Professor der Gerichtsmedizin, welcher dem Martial Arts Killer die Techniken vorgab oder diese von ihm erläutert bekam?

Michaelas Gedanken rasten. Sie schüttelte den Kopf. Sie musste aufpassen, dass sie nicht nur noch Verschwörer sah. Eine größere Gruppe von Tätern und Unterstützern war selbst in diesem besonderen Fall unwahrscheinlich. Das bot zu viele Möglichkeiten für Fehler und wäre für einen überlegt handelnden Vollstrecker eines außergerichtlichen Todesurteils zu riskant. Ja, einige Kollegen in der Mordkommission kannten sich zum Großteil bereits seit Jahrzehnten und waren Mitte bis Ende fünfzig, dies änderte jedoch nichts daran, dass eine Verschwörung von mehr als drei oder vier Personen sich geradezu ausschloss.

Klaus Olschefski musste fast sicher dazugehören. Seine Frau daher auch. Mit seiner Ehefrau teilte ein Mann doch alle Geheimnisse, bis auf seine Affären, oder? So hatten die Verschwörer Zugang zum Gericht und zur Polizeidirektion. Mit Wolfgang Kubek, der mit seiner ehemaligen Sekretärin und deren Ehemann verbunden sein könnte, blieb Michaela nun bei ihrem Hauptverdächtigen.

Ihre neuen Überlegungen fanden wieder den Weg auf die Notizzettel. Den neuen Zettel des Ehepaars Olschefskis klebte sie zu Wolfgang Kubek. Direkt daneben kamen die Notizen zu Baumann. Mit diesem Quartett lag vor der jungen Privatermittlerin alles, was sie für eine logische Lösung des Falles benötigte. Es gab ein Motiv: die schrecklichen, ungesühnten Verbrechen an einem Mädchen. Sie hatte einen hierzu fähigen Täter, den Ju Jutsu-Großmeister, und dessen notwendige Unterstützer in der Haustechnik des Gerichts und im Sekretariat der Mordkommission.

Nur der Vollständigkeit halber bekam auch Rüdiger einen kleinen Zettel auf dem Fußboden unter Kubek.

Für Michaela gestaltete sich der Fall nun wie folgt:

Ende 2010 gestehen sich Kubek und seine Sekretärin ein, dass durch ihr Verschulden ein schreckliches Verbrechen ungesühnt bleibt. Im Detail weiß davon auch Herr Olschefski, dem seine Frau unter Tränen den Fall schildert. Es ist jedoch der frischgebackene Landrat, der sich dazu entschließt, die Mörder und Vergewaltiger nicht aus den Augen zu lassen. Er kennt ihre Gewohnheiten und hat bereits den Entschluss gefasst, selbst Richter und Henker zu sein, da eine reguläre Strafverfolgung unmöglich geworden ist. Dann bekommt er die Eingebung, schafft es, die Unterstützung seiner beiden Verbündeten zu erhalten, und schreitet zur Vollstreckung.

***

Michaela stand auf und ging in ihrem Zimmer auf und ab. Sollte sie recht behalten, dann wären keine weiteren Morde zu erwarten. Kubek und die Olschefskis würden sich möglichst unauffällig verhalten und warten, bis die Ermittlungen im Sande verliefen. Sicherlich würde man die Kommissarin und ihren Ex-Freund gehörig nerven, doch früher oder später sollte sich herausstellen, dass nicht genug Beweise für eine Anklage zu finden wären. Unschuldige ins Gefängnis zu bringen, ist weitaus schwerer als Schuldige, befand die junge Frau in einem Anflug von besonders schwarzem Humor. Der Kriminalfall des Martial Arts Killers sollte sich in einigen Wochen beruhigen. In ein paar Monaten würde er dann bei den ungelösten Fällen landen. Der Gerechtigkeit wäre so, auf eine archaische Weise, genüge getan.

Michaela Burghardt, suspendierte Kriminalkommissarin der Saarbrücker Mordkommission und Privatermittlerin wider Willen, erwischte sich dabei, wie ihr diese Vorstellung gefiel. Vom Alter her hätte sie selbst die Tote sein können. Den Tod der Schulkameradin Sofie Frei zu vergelten, war ihr ja auch kein unbekannter Gedanke.

Dennoch verwarf sie ihre Überlegung recht bald. Dieses Mal bildeten ihre Karriereaussichten nicht das entscheidende Argument. Vielmehr wuchs in ihr wieder die Befürchtung, dass es am heutigen Abend ein fünftes Opfer geben könnte. Sie mochte Wolfgang Kubek dafür mittlerweile ausgeschlossen haben, doch das bedeutete nicht, dass er nicht ein weiteres Ziel für seine Rache im Blick hatte. Es könnte noch einen Mitwisser oder Täter von damals geben, dem der Landrat und Kampfkunstgroßmeister an diesem Abend den Garaus zu machen gedachte. Dafür sprach, dass der Martial Arts Killer heute scheinbar deutlich zeigte, dass Michaelas Überlegungen in die richtige Richtung wiesen. Jene Aktion mit dem BMW-Schlüssel konnte nur Sinn ergeben, wenn ein weiterer Mord geplant war. Mit dem Wissen, diesen als Einzige mit einiger Wahrscheinlichkeit voraussagen zu können und ihn dennoch nicht zu verhindern, wollte sie nicht leben müssen.

Die junge Frau ging unablässig auf und ab, ehe sie zu der entscheidenden Erkenntnis kam. Wolfgang Kubek sollte ihr Schlüssel zur Verhinderung des fünften Mordes sein. Er könnte beim nächsten Anschlag sowohl Täter als auch Opfer werden. Wenn es ihr gelingen würde, ihn zu observieren und rechtzeitig Verstärkung für die Festnahme des Martial Arts Killers herbeizurufen, sollte sie ein Menschenleben, ihren Seelenfrieden und ihre Karriere retten. Der Entschluss stand damit fest. So würde sie es angehen.

Kapitel 23 – Auf den Fersen

31. Dezember 2020, 19:34 Uhr

Nach mehr als einer halben Stunde intensiver Internetrecherche musste Michaela eines einsehen: die Privatadresse eines Landrats herauszufinden, gestaltete sich ohne Zugriff auf Polizeidatenbanken schwieriger als erhofft. Sicherlich war Wolfgang Kubek sehr daran interessiert, sein Privatleben zu schützen. Die Veröffentlichung einer Wohnanschrift in leicht zugänglichen Quellen widersprach diesem Ansinnen. Aber wie sollte man eine Zielperson observieren, deren Adresse unbekannt blieb?

Zugriff auf eine Datenbank des Einwohnermeldeamts hätte sie im Präsidium nehmen können. Das schied als Option jetzt jedoch aus. Sicherlich kannten einige der älteren Kollegen die Privatanschrift des ehemaligen Chefs. Diese danach zu fragen, erschien Michaela allerdings keine gute Idee. Das könnte dazu führen, dass sich alsbald ein Sondereinsatzkommando auf den Weg zu ihr begeben würde. Immerhin bestand die Möglichkeit, dass sie sich auf der Liste der Verdächtigen befand.

Es gab jedoch noch eine andere, ebenfalls riskante Chance, den Wohnort des Landrats ausfindig zu machen. Sie hatte hierfür mit einer guten Geschichte einen Kollegen außerhalb der Kriminalpolizei davon zu überzeugen, dass sie die Adresse einer Zielperson benötigte. Das konnte nur über einen simulierten, kurzen Dienstweg klappen und musste entsprechend als persönlicher Gefallen erscheinen.

Glücklicherweise kannte sie die Kollegin, welche für die Einteilung von Polizeistreifen zum Personenschutz von Politikern zuständig war. Sie hatten zusammen ihre Abschlussprüfung abgelegt und waren zudem der gleiche Jahrgang. Michaela war ihr heute Nachmittag in der Direktion über den Weg gelaufen und sie sollte noch im Dienst sein. Vorausgesetzt diese Beamtin hätte bisher nichts von der Suspendierung der Kriminalkommissarin gehört, bestand eine Chance, mit einer guten Geschichte zum Ziel zu kommen.

Die junge Privatermittlerin wider Willen griff zu ihrem Smartphone und wählte die dort gespeicherte Dienstnummer der Einsatzkoordination. Nach wenigen Freizeichen meldete sich eine Frauenstimme.

„Einsatzbereich fünf, guten Abend.“

„Hi, Steffi. Michaela hier.“

„Hi du! Was rufst du mich denn von extern an?“

„Ich bin unterwegs und mir ist leider was durch die Lappen gegangen, deshalb bitte ich dich um eine kurze Auskunft.“

„Ich hoffe, es ist nichts Illegales“, scherzte Steffi.

„Nee, ich sollte nur einem hohen Tier eine Aufforderung zu einer Zeugenaussage persönlich und an seine Privatadresse zustellen und habe diese deshalb in den Dienstschluss mitgenommen. Und jetzt rate mal, welche Schusseltante die Adresse auf ihrem Schreibtisch hat liegen lassen ...“

„Aha, schön, dass du auch mal was vergisst!“

„Haha. Ich will jedenfalls nicht im Büro anrufen. Das käme nicht so gut an. Ich bin ja noch nicht lange bei der Mordkommission.“

„Klar.“

„Es wäre total lieb, wenn du mir die Adresse geben könntest. Der Kerl ist auch ein Kunde von dir. Er bekommt Polizeischutz wegen den Corona-Terroristen.“

„Oh, das kriegen im Moment so viele, dass ich mir nicht mal sicher bin, ob der zu meinem Abschnitt gehört. Aber schieß mal los. Wer ist es?"

„Es ist der Landrat Wolfgang Kubek."

„Ja, da hast du Glück. Der ist einer von unseren Schützlingen. Nur sag mal: Warum musst du dem das selbst zustellen? Das könnte doch eine Streife beim Schichtwechsel übernehmen?"

„Das frag' mal bitte meinen Boss", antwortete Michaela. „Ich habe heute so manche Dinge erlebt, die ich nicht verstehe. Jetzt wo die Schlapphüte und der Staatsschutz mit drin sind, geht es in dem Fall drunter und drüber. Sei froh, dass du nicht alles mitbekommst, was in unserem Stockwerk gerade abgeht. Ich könnte dir Geschichten erzählen, also ..."

„Ja, schon gut. Ich verstehe das. Pass auf, er wohnt in der ..."

Die junge, suspendierte Kommissarin notierte die Adresse des Landrats mit einem wachsenden schlechten Gewissen. Sollte Michaela falschliegen und die Kollegin mitbekommen, dass sie ausgenutzt wurde, wäre deren Verstimmung jedoch vermutlich das kleinste Problem der unfreiwilligen Privatermittlerin. Sie bedankte sich bei der ehemaligen Ausbildungskameradin und wünschte dieser noch einen guten Rutsch nach 2021.

***

Die Adresse der Zielperson hatte Michaela nun. Wie zu erwarten, wohnte Landrat Wolfgang Kubek in Saarbrücken, in einer ruhigen, wenn auch nicht gehobenen Wohngegend. Mit dieser Information ergab sich eine Handlungsoption für die junge Frau. Sie musste ihre Zielperson beschatten, ohne dass die Personenschutzstreife dies mitbekam. Sollte Kubek sein Haus verlassen, um einen weiteren, bisher unentdeckten Täter von 2010 zu ermorden, so galt es sich an seine Fersen zu heften und rechtzeitig Verstärkung zu holen, um den nächsten Mord zu verhindern.

Michaela entschloss sich für eine schwarze Jeans und die dunkle Lederjacke über einem warmen Pullover. Sicherheitshalber zog sie ihre lange Thermounterwäsche und die dicken Socken zu ihren Kampfstiefeln an.

Eine leicht einzurollende Isomatte, die Bundeswehrdecke von ihrem ersten Ex-Freund und ihr Fernglas fanden Platz im schwarzen Fahrraddrucksack. Sie gürtete sich ihre taktische Taschenlampe sowie das nur zur Hundeabwehr zugelassene Pfefferspray um. Die privat angeschafften Einsatzhandschuhe, eine mit warmem Tee gefüllte Trinkflasche im Militärlook und natürlich ihr Smartphone komplettierten die Ausstattung.

Während ihr Handy noch einige Minuten auflud, ging Michaela auf die Toilette, denn dafür könnte in den nächsten Stunden keine Gelegenheit bestehen. Hoffentlich kam sie nicht zu spät, dachte sie sich, und verließ dann eilig ihre Wohnung in Richtung des grünen Renault.

**

Die hochgewachsene Blondine verließ das Gebäude und betrat den Gehsteig vor den Parkplätzen des Hauses, auf dem noch einige Schneereste klebten. Sie schaute sich kaum um und hielt zielstrebig auf ihr Auto zu. Nun galt es schnell zu handeln. Ein Satz trug den Beobachter aus seinem eigenen Fahrzeug. Flinke Schritte brachten ihn zur Fahrertür des grünen Kleinwagens. Ehe die Frau sich überhaupt nach dem Türgriff strecken konnte, um die Tür zu öffnen, packte er ihren linken Arm und stach mit seiner Waffe zu.

***

Die Verteidigung gegen einen überraschenden Angriff ist ungleich schwerer, als wenn zumindest eine kurze Vorwarnzeit besteht. Sollte dieser Überfall zu allem Überfluss auch noch mit einer Waffe erfolgen, dann sind die Chancen selbst für eine geübte Nahkämpferin sehr gering.

Glücklicherweise passierte der Angriff nicht ganz so überraschend, wie vom Attentäter erhofft. Aus dem Augenwinkel bemerkte Michaela Burghardt, dass sich ihr jemand mit großer Geschwindigkeit näherte. Im Licht der entfernt stehenden Straßenlaterne erkannte sie allenfalls einen schwarzen Schatten, der auf sie zu hechtete. Dem Zug seines Arms folgend drehte sie sich instinktiv entgegen dem Uhrzeiger an seine linke Flanke. Mit beiden zur Deckung erhobenen Unterarmen stieß sie kraftvoll gegen seinen Körper und schleuderte den Angreifer damit auf die Karosserie ihres

Renaults. Zu ihrem kurzen Entsetzen trug bei, dass sie hierdurch einen bewaffneten Angriff gekontert haben musste. Mit seiner Rechten vollführte der Attentäter einen Schlag in Leere, der an den Einsatz eines Eispickels erinnerte.

„Ein Messer!", schoss es Michaela in diesen adrenalingetreckten Millisekunden durch den Kopf. „Der will mich umbringen!"

Die Waffe vermochte sie zwar nicht zu sehen, jedoch war dies aufgrund der Schnelligkeit der Bewegungen und der Dunkelheit nicht verwunderlich. Ebenso erschien es naheliegend, dass der nächste Angriff in einer rechten Vorhandbewegung erfolgen würde. Die Distanz zu erhöhen, stand nicht zur Option. Bei einem Fluchtversuch würde der Stich ihren Rücken treffen.

Die Verteidigerin vollführte mit beiden Händen eine Art Schwimmbewegung aus dem Bruststil zwischen Waffenhand und Kopf des Gegners. Mit ihrer Linken klemmte sie sich den Waffenarm des Attentäters an den Körper. Ihr rechter, waagrechter Ellbogenschlag traf seitlich gegen den mit einer Sturmhaube maskierten Schädel. Zu ihrem Bedauern verlor sie dabei den Autoschlüssel aus der rechten Hand, den sie gerne als Hilfsmittel zur Selbstverteidigung genutzt hätte.

Glücklicherweise ließ jedoch auch der Angreifer seine Waffe fallen. Mit für Michaela überraschendem Geschick zog er sich noch dichter an sie heran und fasste mit seiner Linken ihre rechte Schulter und mit der Rechten an ihren Rücken. Eine schnelle Sichelbewegung seines rechten Beins verbunden mit vollem Körpereinsatz riss Michaela den Boden unter den Füßen weg.

Die geübte MMA-Kämpferin wusste zu fallen und sie war zudem in der Lage auch so einen Wurf zu ihrem Vorteil zu nutzen. Mit beiden Händen krallte sie sich am rechten Arm des Attentäters fest und riss diesen durch ihr Körpergewicht und eine Linksdrehung mit nach unten. Die Rotation ihres Köpers bewirkte, dass der Gegner nicht auf sie fiel. Dennoch ist es etwas ganz anderes, auf harten Straßenbelag zu fallen, anstatt auf weiche Trainingsmatten. Michaela dankte ihrer Eingebung, die stabile Lederjacke anzuziehen. Zwar mochte jenes Kleidungsstück nun einige Kratzer haben, jedoch blieben ihr dafür selbst die Schrammen erspart.

Wie im Training Tausende Male geübt, rollte sich Michaela sofort weiter, um eine Position mit dem Knie auf dem Angreifer zu besetzen. Ein Hagel aus Hammerfaustschlägen sollte sogleich auf ihn niedergehen. Nach der Enttäuschung über die geringe Wirkung ihres Ellbogenschlages hoffte sie, so den Attentäter auszuschalten. Jener stöhnte zwar kurz auf, als er zu Boden stürzte, fing sich aber mindestens so gut ab, wie die Polizistin. Sein linker Arm schnellte vor und knallte gegen den Hals der Verteidigerin. Mit dieser Bewegung schob er gleichzeitig Michaela von sich weg, brachte die Knie unter seinen Körper und drückte sich in die aufrechte Position.

Die junge Frau glitt mit einigen Fußbewegungen auf dem Gesäß zu ihrem Wagen und nahm dabei eines ihrer Verteidigungswerkzeuge in ihre Hand. Sofort zielte sie damit auf den Angreifer und feuerte los. Von mehreren Tausend Lumen starken, flackernden Lichtblitzen geblendet, stolperte der Attentäter zurück, während Michaela schnaufend auf die Beine kam. Eigentlich wollte die Polizistin schreien, jedoch entwich ihrer getroffenen Kehle kein Laut. Ehe sie sich versah, drehte sich der Angreifer um und floh in ein nahestehendes

Auto. Ohne das Licht des Fahrzeugs anzuschalten, brauste er mit großer Geschwindigkeit davon. Die sich langsam sammelnde Kriminalkommissarin vermochte dabei weder das Nummernschild noch den Fahrzeugtyp zu erkennen.

Ihr Blick fiel auf die vom Täter verlorene Waffe. Im Lichtkegel ihrer taktischen Taschenlampe, die nun im Normalmodus leuchtete, zeigte sich ihr ein unerwartetes Bild. Kein Messer lag dort auf dem Boden. Der Gegenstand war für gewöhnlich nicht einmal dazu gedacht, einem Menschen zu schaden. Zu Michaelas Überraschung hatte der Attentäter eine medizinische Spritze verloren, deren metallene Spitze beim Aufprall auf dem Straßenbelag abgebrochen war.

Kapitel 24 – Im Visier

31. Dezember 2020, 19:55 Uhr

Michaela Burghardt hob die Spritze mit ihrer behandschuhten Rechten vorsichtig nahe der abgebrochenen Spitze auf und legte diese in einen kleinen Plastikbeutel, den sie in ihrem Fahrzeug von einem zurückliegenden Einsatz in der Sitte fand. Das Werkzeug des Attentäters sollte ein wichtiges Beweismittel sein. Die Kommissarin setzte sich in ihren Wagen und verriegelte von innen die Türen.

Hektisch überlegte die junge Frau, während der drückende Schmerz langsam nachließ, ob nun der Zeitpunkt wäre, die Kollegen zu informieren. Aber konnte sie sicher sein, dass man nach diesem Angriff ihrer Theorie mehr glaubte?

Dass jener Attentäter der oder einer der Martial Arts Killer gewesen sein musste, stand für Michaela außer Frage. Seine Nahkampffähig-keiten beeindruckten die junge Frau. Sie ent-schloss sich, selbst Nachforschungen aufgrund

ihrer Wahrnehmungen anzustellen. Glücklicherweise lag ihr Kontakt für eine Untersuchung des
neuen Beweises genau auf dem Weg zum Haus
des Landrats. Die junge Frau wählte eine in ihrem
Smartphone gespeicherte Nummer, die sich unter
dem Eintrag „Große Schwester" finden ließ.

„Michaela! Du, ich bin im Dienst und habe echt
viel zu tun", meldete sich auf der anderen Seite
eine Frauenstimme.

„Hi! Es ist auch dienstlich, Bianka", antwortete
die suspendierte Kriminalkommissarin. „Ich habe
hier ein wichtiges Beweismittel. Es ist eine
Spritze und ich muss unbedingt wissen, was da
drin ist. Es kann eine Droge oder ein Gift sein."

„Ausgerechnet heute?"

„Es geht wirklich nicht anders. Sei bitte eine
liebe, große Schwester und hilf mir aus der Pat-
sche. Wenn ich in meinem aktuellen Fall nicht
Erfolge vorweise, dann bin ich bald im Streifen-
dienst."

„Mama sagte, dass du suspendiert wurdest."

Michaela fluchte innerlich über die Kommuni-
kationsgeschwindigkeit des Smartphone-Zeit-
alters.

„Ja, aber gerade eben hat mich jemand mit dieser Spitze angegriffen und das zeigt mir, dass ich wohl doch recht habe."

„Was?!"

„Ich erzähle dir alles, wenn ich kommen darf. Kannst du dir zehn Minuten nehmen?"

„Falls die reichen ..."

„Müssen sie!"

„Also gut. Ruf mich an, sobald du im Krankenhaus angekommen bist."

Die Schwestern verabschiedeten sich. Michaela betätigte die Zündung des Renaults und schaltete das Licht an. Dann klemmte sie ihr Smartphone so ins geöffnete Handschuhfach, dass es sie während der Fahrt filmte. Nun begann sie ihren Bericht:

„Dies ist die Zeugenaussage der Kommissarin Michaela Burghardt, Saarbrücker Mordkommission, zu einem vereitelten Anschlag auf sie selbst. Heute, am 31. Dezember um etwa 19.45 Uhr wurde ich vor meiner Wohnung auf dem Weg zum Auto von einer unbekannten Person angegriffen.

Der Angreifer war ein mit einer schwarzen Sturmhaube maskierter, etwa 1,70 großer Mann.

Er versuchte, mich mit einer Spritze zu treffen, bevor ich in meinen Wagen steigen konnte, um zur Observierung von Landrat Wolfgang Kubek zu fahren, welchen ich für den Martial Arts Killer oder dessen potenziell fünftes Ziel halte. Ich bin mir sicher, dass es sich bei jenem Angreifer um eben diesen gesuchten Mörder oder einen seiner Verbündeten handelt. Die Morde wurden aus Rache aufgrund des nicht aufgeklärten Falls um die dreizehnjährige Schülerin Sofie Frei aus dem Jahr 2010 begangen. Alle Mordopfer waren hierin verwickelt, wie die von mir bereits ermittelten Informationen belegen.

Der Angreifer verfügte über eine fundierte Ausbildung im Nahkampf und es gelang mir nur unter Einsatz all meiner Fähigkeiten und eines taktischen Selbstverteidigungsmittels, ihn in die Flucht zu schlagen. Er floh unerkannt mit einem von mir nicht genauer zu bezeichnenden, dunklen, großen Automobil in Richtung Innenstadt.

Die Tatsache, dass heute ein Anschlag mit einer noch unbekannten Substanz auf mich ausgeübt werden sollte, belegt nicht nur, dass meine Theorie eines anderen Zusammenhangs der Mordserie als mit der Corona-Pandemie richtig ist. Ganz offenbar besitzt der Mörder eine Verbindung zur Polizeidirektion und zum Landgericht. Ich vermute hier das Ehepaar Olschefski als Komplizen, kann dies jedoch nicht belegen. Es scheint nur wahrscheinlich, dass Herr Olschefski als Leiter der Haustechnik bei Gericht den Mord in der Tiefgarage durch einen Stromausfall ermöglichte. Genauso ist seine Frau im Verdacht, mir heute den verschollenen Fahrzeugschlüssel des zweiten Mordopfers auf den Schreibtisch gelegt zu haben, um mich als Komplizin des zu Unrecht inhaftierten Jerome Bernard darzustellen.

Ebenso wenig kann ich leider meinen Verdacht beweisen, dass der ehemalige Leiter der Mordkommission Wolfgang Kubek der Haupttäter ist. Seine Motivation, den Fall Sofie Frei zu rächen, scheint jedoch sehr nahe liegend."

Michaela unterbrach ihre Ausführungen für einen Moment, um sich in die richtige Spur zum Krankenhaus einzufädeln. Sie fragte sich, ob die Kollegen leicht nachvollziehen könnten, was sie hier von sich gab. Die Struktur vermochten diese unter Umständen nicht so einfach zu durchschauen. Dies musste nun egal sein. Sie gab ihr Bestes, nichts zu vergessen. Nachdem sie sich eingefädelt hatte, sprach sie weiter.

„Wenn Kubek, der wesentlich größer als der Angreifer sein dürfte, nicht in die Morde verwickelt ist, wird er das fünfte Ziel des Martial Arts Killers sein. Ich werde heute alles daran setzen, dass dieser Fall und damit auch der Fall Sofie Frei abschließend aufgeklärt werden."

Michaela steuerte ihren grünen Renault in die Tiefgarage des Krankenhauses und suchte sich einen Parkplatz. Sie nahm ihr Smartphone aus dem Handschuhfach, beendete die Aufnahme und wählte erneut die Nummer ihrer großen Schwester Bianka.

***

Doktor Bianka Kaiser, geborene Burghardt, erkannte jeder Betrachter sofort als die ältere Schwester der Kriminalkommissarin. In vielerlei Hinsicht glich sie einer reiferen und etwas fraulicheren Ausgabe der Kampfsportlerin. Im Moment leitete sie die Nachtschicht in der COVID-19-Intensivstation ihres Krankenhauses und hatte dementsprechend weit mehr zu tun, als ihr lieb sein konnte. Die verfügbaren Betten waren restlos belegt und der Personalengstand im Klinikwesen ihr ständiger Begleiter.

Den kritischen Blick unter ihrer FFP2-Maske hervor kannte Michaela noch aus der Zeit, als sie in der Grundschule gewesen war und der damalige Teenager regelmäßig auf sie aufpassen durfte. Ihre große Schwester zeigte damit unverhohlen, wie genervt sie wieder einmal war, das verloren gegangene Spielzeug der Jüngeren zu suchen oder deren Beweismittel zu analysieren.

Vorsichtig gab die Kommissarin die Hälfte des Spritzeninhalts in ein von Bianka dargereichtes Reagenzglas und beobachtete danach, wie die Ärztin hier, im Behandlungszimmer, einige Tropfen davon mit einer Pipette auf verschiedene Teststreifen gab. Nach wenigen Sekunden färbten sich diese und Michaela sah, wie ihre große Schwester die Stirn in Falten legte.

„Es ist schon mal kein Heroin und auch kein Arsen", erklärte diese. „Damit hätte ich eigentlich bei so einem Angriff gerechnet. Entweder jemand will dich umbringen oder als Drogenabhängige unglaubwürdig dastehen lassen. Aber das ist ja nur meine laienhafte Einschätzung. Es scheint jedoch ein Narkosemittel zu sein."

„Eine K.o.-Spritze?", fragte Michaela.

„Es gibt K.o.-Tropfen, die Sexualstraftäter gerne verwenden, aber von einer Spritze habe ich bei solchen Verbrechen noch nie etwas gehört."

„Was ist es jetzt genau?"

„Für eine exakte Bestimmung müssten wir es ins Labor bringen. Das würde jedoch mindestens ein paar Stunden dauern, vermutlich länger. Auch unser Labor ist im Moment mit den PCR-Tests wegen der Pandemie vollkommen ausgelastet. Ich habe da aber noch einen Verdacht, den wir mal ausprobieren können. Er erscheint mir nur sehr unwahrscheinlich."

Bianka ging an einen Schrank und nahm eine kleine Ampulle heraus. Von dieser entnahm sie mit einer Spritze einige Milliliter und gab diese auf einen neuen Teststreifen. Nach wenigen Sekunden nickte sie.

„Ich bin beeindruckt", kommentierte die Ärztin das Ergebnis. „Zwar kann man es nicht mit absoluter Sicherheit sagen, jedoch scheint dein Angreifer aus dem Medizinsektor zu kommen."

„Was?!", rief Michaela deutlich lauter als beabsichtigt.

„Das ist mit über 90-prozentiger Wahrscheinlichkeit Propofol. Ein weitverbreitetes Anästhesiemittel. Einmal ins Blut injiziert, gelangt es zum Gehirn und bindet dort GABAA-Rezeptoren, die einen kurzfristigen Ausfall von Nervenzellen bewirken."

Der eindringliche Blick der kleinen Schwester veranlasste die Ärztin, nach einer kurzen Pause, weiterzusprechen.

„Dadurch wird der Patient betäubt und bekommt die Schmerzen einer Operation nicht mit. Normalerweise wirkt es in bis zu zwanzig Sekunden und hält bei einmaliger Gabe rund zehn Minuten lang an. Die aufgezogene Dosis war jedoch etwas höher als für deine Größe und dein Gewicht empfohlen. Das hätte dich nicht umgebracht aber sicherlich für ein paar Stunden mit Nebenwirkungen ausgeschaltet."

„Lange genug, damit ich dem eigentlichen Martial Arts Killer nicht in die Quere kommen kann", murmelte Michaela vor sich hin.

„An einer Überdosis Propofol ist übrigens Michael Jackson gestorben. Wir benutzen es hier, um die Medikation für das künstliche Koma bei COVID-19-Patienten einzuleiten."

„Schwesterchen, du hast mir sehr geholfen."

„Keine Umarmung!", wehrte Bianka mit erhobenen Händen den Versuch ihrer jüngeren Schwester ab. „Ich werde zwar bald geimpft, doch wir gehen hier mal besser kein Risiko ein."

„Fühl dich gedrückt!", rief Michaela und stürmte so schnell sie konnte aus dem Krankenhaus.

***

Die Auskunft ihrer Schwester hatte es in sich. Michaela klemmte ihr Smartphone in die bewährte Protokollposition und filmte auf dem Weg zum Haus des Landrats ihre neuesten Überlegungen.

„Erster Nachtrag zum Angriff auf meine Person. Durch eine schnelle Analyse der Flüssigkeit in der vom Angreifer verwendeten Spritze konnte ermittelt werden, dass es sich um eine hohe Dosis des Narkosemittels handelt, an dem Michael Jackson gestorben ist. Die gefundene Menge hätte mich vermutlich schnell für einen längeren Zeitraum ausgeschaltet und so verhindert, dass ich weitere Nachforschungen anstelle oder dem Martial Arts Killer in die Quere komme."

Michaela gönnte sich eine Pause und bog ab, während sie ihre Gedanken sammelte.

„Der Angreifer muss Zugriff auf eine medizinische Versorgung haben, da dieses Narkosemittel nicht frei verkäuflich ist. Verbunden mit seiner Ausbildung im Nahkampf und der von mir geschätzten Körpergröße habe ich Professor Baumann, den Leiter der Gerichtsmedizin im Verdacht. Er ist ein hoher Schwarzgurt im Ju Jutsu, auch wenn, wie er selbst gegenüber mir heute beiläufig angegeben hat, er nicht mehr aktiv trainiert. Ich hatte ihn darauf angesprochen, dass er die Mordtechniken so genau rekonstruieren konnte. Das ist jetzt nicht weiter verwunderlich, falls er die Morde selbst begangen hat oder zumindest den Mörder unterstützt. Seine Motivation hierzu ist leicht nachvollziehbar. Den Fall Sofie Frei muss er ebenfalls miterlebt haben. Vermutlich gehört er neben den Olschefskis zu Kubeks Verschwörerkreis. Er will Gerechtigkeit für die Verbrechen, die an der dreizehnjährigen Schülerin 2010 begangen wurden.

Ich muss jedoch betonen, dass er auch hinter Kubek her sein könnte. Auf das für heute Abend zu erwartende fünfte Opfer des Martial Arts Killers habe ich nach wie vor keinen klaren Hinweis. Deshalb begebe ich mich nun zur Beschattung des Landrats. Baumann ausfindig zu machen und zu verfolgen, erscheint mir zwar grundsätzlich auch wünschenswert, jedoch wird mir das in meiner aktuellen Lage kaum möglich sein, ohne die andere, deutlichere Spur zur vernachlässigen." Michaela deaktivierte die Aufnahmefunktion ihres Smartphones noch im Fahren. Sie wusste, dass jeder Schritt, den sie nun tat, falsch sein konnte. Eine Meldung bei den Kollegen der Soko mochte als Option im Raum stehen, doch dafür hatte sie nach wie vor kaum etwas in der Hand. Einen Anlass, auf sie aufmerksam zu werden, wollte sie aufgrund des Schlüsselvorfalls nicht liefern. Den Gerichtsmediziner zu verfolgen, mochte aus vielen Gründen eine schlechte Idee sein und selbst beim Landrat schien die Wahrscheinlichkeit hoch, nur ein paar Stunden sinnlos im Auto zu sitzen. Die Überlegungen brachten sie jedoch nicht davon ab, weiter in Richtung von Kubeks Adresse zu fahren. Ihr wurde dabei

bewusst, dass sie als zusätzliche Hürden die Ausgangssperre und die Polizeistreife vor dem Wohnhaus zu nehmen hatte.

Kapitel 25 – Observation obscura

31. Dezember 2020, 20:53 Uhr

Die suspendierte Kriminalkommissarin der Saarbrücker Mordkommission und Privatermittlerin
wider Willen fand die Adresse des Landrats Wolfgang Kubek, ohne sich zu verfahren. Sie steuerte
ihren grünen Renault zunächst einmal an dem
Haus vorbei, um die Lage zu sondieren.

Die Polizeistreife zur Absicherung des Politikers
parkte auf der gegenüberliegenden Straßenseite,
am Rande einer noch unbebauten Wiese. Dort
stand zudem ein Dixiklo, welches den Beamten
die unkomfortable Möglichkeit bot, ihren allzu
menschlichen Bedürfnissen nachzugehen.

Grundsätzlich sollten die Streifenkollegen von
ihrer gewählten Position einen guten Blick auf
das Anwesen des Landrats werfen können. Dennoch erkannte Michaela sogleich, dass es einige
tote Winkel und dunkle Ecken gab, durch die man
von den Bewachern unerkannt das Grundstück
betreten oder verlassen könnte.

Jene Unsicherheiten nahmen die Streifenpolizisten sicherlich billigend in Kauf. Ein Blick auf ihr Smartphone und die aktuellen Nachrichtenmeldungen bestätigten der Kommissarin, dass die Öffentlichkeit bereits über einen möglichen Fahndungserfolg bezüglich des Martial Arts Killers informiert war. Ein Angriff im Stil der bisherigen auf weitere Lockdown-Befürworter erschien daher unwahrscheinlich. Zudem gab es sicher eine Signalvereinbarung für den Fall, dass der Landrat und seine Ehefrau Hilfe benötigten. Alle Anschläge erfolgten bisher außerhalb der eigenen vier Wände. Auch wenn Michaela der Überzeugung war, dass hier unsinnigerweise jener gesuchte Mörder bewacht wurde, so sollten fest verschlossene Fenster und Türen einen Anschlag im bisherigen Stil nahezu unmöglich machen.

Die junge Kriminalkommissarin entschied sich, ihr Fahrzeug in einer Parallelstraße zu parken. Sollte sie die Verfolgung aufnehmen müssen, so wäre es ihr dadurch leichter möglich, auch während der Ausgangssperre hinterherzufahren, ohne die Polizeistreife auf sich aufmerksam zu machen. Außerdem schied für den Landrat aus, sein Haus mit dem Auto aus der Garage zu verlassen. Dies hätten die Beamten zweifelsohne mitbekommen.

Um die Observation des Objekts optimal sicherzustellen, benötigte Michaela eine erhöhte Position. Sich möglichst außerhalb der Straßenlaternen haltend und mit einem beständigen Blick in Richtung der Polizeistreife suchte sie die Gegend ab. Sie wurde glücklicherweise schnell fündig. Eine an ein Wohnhaus angebaute Garage mit flachem Dach lag außerhalb des Lichtkegels der Straßenlaternen.

Die Polizistin nährte sich dem Anbau mit größter Vorsicht. Mit ihrer Ausrüstung auf dem Rücken kostete es sie jedoch zwei Anläufe, um die Höhe zu überwinden. Der niedrige Mauervorsprung des nahe gelegenen Gartentores diente ihr als Tritt für den erfolgreichen Versuch.

Für ihren eigenen Geschmack erzeugte sie beim Aufkommen deutlich zu viel Lärm. Die ruhige Wohnlage, die kalte Nacht und die Tatsache, dass die Menschen es aufgrund der nahen Ausgangssperre vorzogen, in ihren Häusern zu bleiben, begünstigen ihr Tun.

Nach einigen Momenten des bangen Wartens hatte sie sich auf die Isomatte und unter die

Bundeswehrdecke gelegt. Von hier aus vermochte sie das Anwesen des Landrats nahezu vollständig zu überblicken. Aufgrund der Bebauungslage hinter seinem Haus dürfte es so keinen Weg hinaus oder hinein geben, den Michaela von ihrem Observationspunkt nicht einzusehen vermochte.

Die Polizistin gönnte sich einen Schluck angenehm warmen Pfefferminztees aus ihrer Trinkflasche und stellte sich auf eine lange und kalte Nacht ein.

***

Seit dem Einnehmen ihrer Observationsposition war nun mehr als eine Stunde vergangen. Die nächtliche Ausgangssperre zur Eindämmung der Corona-Pandemie war lange in Kraft getreten und Michaela begann gefühlt, die Nase einzufrieren. Außerdem war mittlerweile von ihrem Tee fast nichts mehr übrig. Sie dankte dem Landrat und seiner Frau, dass diese nicht alle Rollläden mit Einbruch der Dunkelheit schlossen. Vielleicht hofften sie darauf, dass einige Ungehorsame von irgendwoher Feuerwerkskörper organisiert hatten und damit das neue Jahr doch gebührend begrüßen würden. Die Polizistin hatte ein Wohnzimmer mit großer Fensterfront, ein Arbeitszimmer sowie die Küche im Blick beziehungsweise vermochte zumindest zu erahnen, dass es sich um jene Räume handelte. Im Fall der Küche waren die Fenster nicht allzu üppig bemessen. Im Wohnzimmer lief der geradezu überdimensionierte LED-Fernseher ununterbrochen, auch wenn insbesondere der Hausherr hier nie lange verweilte. Michaela gewann den Eindruck, dass er wie ein Tiger im Käfig herum schritt. Aufgrund von Gestik und Mimik schätzte sie, dass im Hause Kubek angestrengt und hitzig diskutiert wurde. Man musste nicht in der Kunst des Lippenlesens bewandert sein, um klar zu erkennen, dass der Landrat und seine Frau sich auf die Nerven gingen und sich beide wechselseitig Dinge an den Kopf warfen. Mehr als einmal verschwand Wolfgang Kubek in dem Arbeitszimmer, schaltete das Licht und den PC an und verbrachte hier einige Minuten, ehe er wieder durch das Haus lief.

Grundsätzlich erschien Michaela jene Anspannung als bemerkenswert. Worüber mochten sich die Eheleute streiten? Was störte den Mann und warum zeigte er sich ständig wieder in seinem Arbeitszimmer? Diese Fragen bedurften einer Antwort und weiterer Observation. Die Kommissarin hatte nur ein wachsendes Problem, dass mit fortschreitender Dauer an Dringlichkeit gewann: Sie musste auf die Toilette.

Den Tee mitzunehmen, hielt Michaela nach wie vor für eine gute Idee. Ohne warme Flüssigkeit wäre die Kälte sicherlich noch tiefer in ihre Glieder eingedrungen. Wieder einmal zeigte sich nur, dass ein hervorragender Stoffwechsel nicht in allen Lebenslagen von Vorteil ist. Die Blase der jungen Frau drückte und sie vermochte dies unmöglich noch für längere Zeit auszuhalten. Doch wie sollte sie nun dem allzu menschlichen Bedürfnis nachgehen?

Es schloss sich aus, dass sie während der Sperrstunde und in der Corona-Pandemie an einem der umliegenden Häuser klingelte. Genauso gut hätte sie auch die Streifenbeamten fragen können, ob eine Benutzung ihres Dixiklos möglich wäre. Eine Entleerung in der Natur schied bedauerlicherweise ebenfalls aus. Die einzige Wiese lag genau neben dem Polizeiauto. Michaela brauchte somit einen Platz auf bebautem Gelände, den sie, ohne bemerkt zu werden, erreichen konnte.

Ein Rundblick mit dem Fernglas erbrachte nicht das gewünschte Ergebnis. Ebenso zeigte ein Absuchen des Nahbereichs ihr ebenfalls keine provisorische Toilette. Der Garten neben der Garage wurde von den Fenstern des Erdgeschosses des nahe gelegenen Wohnhauses gut ausgeleuchtet. Ihre notwendige Aktion setzte sie dort einer erhöhten Gefahr der Entdeckung aus. Mit einem Seufzen gestand sich die Kriminalkommissarin ein, dass sie entweder mit benässten Hosen weiter observieren oder mit dem Garagendach vorliebnehmen musste.

Michaela entschloss sich, mit vorsichtigen Schritten in die hinterste, dunkelste Ecke der Garage zu schleichen und von dort in den Garten hinunter zu pinkeln. Grundsätzlich hätte sich die junge Frau weder als schüchtern noch als zimperlich beschrieben. Aber schon die Vorstellung bereitete ihr Unbehagen, als sie ihre Hose heruntergelassen hatte und in einer unbequemen Hocke halb schräg über das Garagendach hinaushing. Als dann jedoch unvermittelt der schwarze Schatten neben ihr landete, wäre sie vor Schreck fast in den Garten gestürzt.

***

Ohne Chance schnell an ihr Pfefferspray zu kommen, das am Gürtel zwischen ihren Füßen baumelte, und dies für sie sicher einzusetzen, starrte Michaela in zwei grüne Augen, die das Licht der entfernten Straßenbeleuchtung widerspiegelten. Ein buschiger Schwanz bewegte sich hinter dem Tier, das aufrecht auf allen vier Pfoten dasaß und die Menschenfrau in ihrer ungewöhnlichen Lage eingehend musterte.

„Du willst mir jetzt nicht beim Pinkeln zusehen, oder?", fragte die junge Frau leise die Katze, welche keine Anstalten zeigte, weiterzugehen. „Gilt für dich nicht auch die nächtliche Ausgangssperre?"

Als Antwort wurde zunächst der schwarze Katzenkopf nach links geneigt, ehe eine weiße Vorderpfote erhoben wurde und eine kurze Bewegung in Richtung Michaela vollführte. Danach begann das Tier, sich ausgiebig zu strecken und schließlich mit überraschend geringem

Abstand im Halbkreis um die Kriminalkommissarin in misslicher Lage herumzulaufen.

In einer solchen Situation, in der man dringend einem Bedürfnis nachgeben möchte und sich zudem in einer derart ungünstigen Position befindet, wird selbst aus einem erklärten Katzenliebhaber schnell der Todfeind von allem, was auf vier Pfoten unterwegs ist.

„Schau, dass du Land gewinnst!", zischte Michaela und wedelte entschlossen mit einer Hand in Richtung der Katze, die daraufhin lediglich etwas zurückwich und ihrerseits fauchte.

Die Kommissarin suchte ihre Umgebung ab, ob sich irgendetwas fand, womit sie nach dem Tier werfen könnte, doch leider blieb dies eine Fehlanzeige.

„Scheiß drauf", sagte die junge Frau mehr zu sich selbst, als ein Bedürfnis nun übermächtig zu werden drohte, brachte sich in die bestmögliche Position und ließ dem Drang freien Lauf.

Mit geschlossenen Augen verspürte Michaela die ersehnte Erleichterung und realisierte zugleich zufrieden, dass ihr hinabfallender Urin kaum Geräusche in die Nacht entließ.

Als sie die Lider wieder öffnete und nach einem bereitgelegten Taschentuch griff, um Spuren der Aktion zu beseitigen, wurde sie gewahr, dass jede ihrer Bewegungen ausgiebig beobachtet wurde. Die Katze saß nicht einmal einen Meter von ihr entfernt und starrte sie in der Art und Weise an wie es nur ein Wesen dieser Spezies vermag.

Die Polizistin zog sich die Hose wieder hoch und nahm sich ein weiteres Taschentuch, um noch die Hände notdürftig zu reinigen, ehe sie sich die Handschuhe überstreifte. Dabei ließ sie ebenfalls keinen Blick von dem Tier. Jenen Wettstreit wollte sie nicht verlieren. Warum, das erschloss sich ihr nicht.

***

Das Smartphone klingelte. Endlich. Auf den Anruf wartete er schon seit Stunden. Die erhaltenen Nachrichten hatten eine so hohe Brisanz, dass er nur noch hieran zu denken vermochte. Wie zu erwarten war, wurde die Rufnummer der anderen Seite unterdrückt.

„Ja."

„Sie haben alles gelesen?", fragte eine deutlich verzerrte Männerstimme.

„Das habe ich. Was wollen sie?"

„50.000 Euro. Sofort!"

„Wie bitte? Wie soll ich die denn heute noch beschaffen? Auch eine Überweisung würde nicht vor Montag ausgeführt werden."

„Sie geben mir den Wert in Gold."

„Wie stellen Sie sich das vor? Ich habe kein Gold!"

„Sie haben einen ausreichend großen Vorrat in ihrem Safe."

„Woher wissen sie das?!"

„Das tut nichts zur Sache. Sie bringen das Gold persönlich zu der Baustelle bei der Grundschule in ihrem Viertel. Den Weg muss ich Ihnen hoffentlich nicht beschreiben. Sie haben dafür ab jetzt zwanzig Minuten. Sollten Sie nicht da sein, so erhält die Presse die Beweismittel noch vor dem neuen Jahr."

„Ich kann hier nicht weg. Das würde auffallen. Außerdem haben wir eine Ausgangssperre."

„Für eine Ablenkung wird in Kürze gesorgt. Kommen Sie zur Baustelle und kommen Sie alleine. In zwanzig Minuten."

Auf der anderen Seite wurde aufgelegt. Der Mann ließ das Smartphone sinken. Er hatte nicht die geringste Wahl. Er musste gehen und dem Erpresser geben, was dieser wollte, sonst würde er auffliegen.

***

Katze und Polizistin schlichen geradezu umeinander herum, als Michaela sich zurück zu ihren Sachen begab. Sie wickelte die beiden benutzten Taschentücher in ein weiteres und verstaute alles in ihrem Rucksack.

„Verzieh dich endlich!", wollte sie der Katze gerade zurufen, als ein deutliches Scheppern ihre Aufmerksamkeit band.

Das Geräusch klang nicht nur nach einem Verkehrsunfall, es war tatsächlich einer, wie sie durch ihr eilig erhobenes Fernglas sehen konnte. Ein silberner Ford schien seitlich in das geparkte Polizeifahrzeug hinein gekracht zu sein. Ärgerliches Rufen klang zu ihr herüber und sie sah, wie die Beamten beide auf der Beifahrerseite ausstiegen und mit den Händen an den Dienstwaffen um ihren Wagen herumliefen.

Die Siedlung erwachte zum Leben. An verschiedenen Hauseingängen gingen die Lichter an und Menschen traten vor die Türen oder an die Fenster. Michaela befand, dass ihr Observationspunkt nun in Gefahr war, entdeckt zu werden. Sie kramte schnell unter dem stetigen Blick der Katze ihre Sachen zusammen und stieß dabei ihre Trinkflasche um. Das fast leere Gefäß fiel geräuschvoll vom Garagendach auf die Straße und erregte die Aufmerksamkeit eines Rentners, der gerade aus dem Nachbarhaus getreten war.

„Was ist da?!", fragte er in die Nacht hinein seine hinter ihm stehende Frau.

„Miau", maunzte Michaela so gut sie es vermochte und streckte sich mit einer Backfist, einem Rückhandschlag, in Richtung des Tieres. Die Katze fauchte und rettete sich durch einen Sprung vom Dach ins Sichtfeld des Rentnerehepaares.

„Das ist nur wieder dieses sture Katzenvieh", meinte die Frau. „Die sollte auch mal Corona bekommen!"

Innerlich bedankte sich die Kriminalkommissarin bei der Katze, während sie ihren Observationsplatz verließ, indem sie sich auf der dem Ehepaar abgewandten Seite nahezu geräuschlos herunter hangelte. Aus dem Schatten heraus spähte sie hinüber zur Unfallstelle, auf die sich ohnehin alle Augen richteten. Die Beamten zogen einen offenbar bewusstlosen Mann aus dem Auto und trugen ihn zusammen zur Wiese. Leider war es zu dunkel, als dass die Kriminalkommissarin sein Gesicht zu erkennen vermochte. Dafür bemerkte sie jedoch etwas anderes und richtete ihr Fernglas sofort darauf. Ein großgewachsener Schatten verließ mit einem Fahrrad das Anwesen des Landrats. Kaum dass ihn die Dunkelheit nicht mehr vor neugierigen Augen schützte, bestieg er das Rad und fuhr los.

„Der Martial Arts Killer auf dem Weg zu seinem nächsten Opfer", befand Michaela Burghardt und nahm ohne einen Gedanken an ihre Chancen, einen Fahrradfahrer zu Fuß einzuholen, die Verfolgung auf.

***

„Schau' mal, da rennt eine!", sagte die Rentnerin zu ihrem Mann.

„Ja. Sporttreiben ist ja alleine noch bis Mitternacht erlaubt. Aber wir beide dürften nicht zusammen spazieren gehen. So einen Blödsinn können sich auch nur überbezahlte Politiker ausdenken."

„Wie recht du hast."

Kapitel 26 – Die letzte Rache

31. Dezember 2020, 22:39 Uhr

Michaela Burghardt verfluchte jeden Tag der vergangenen Monate, welchen sie aufgrund von Arbeitsbelastung, schlechtem Wetter oder Faulheit nicht zum Lauftraining genutzt hatte. Das lange Verharren auf ihrem Observationsplatz, die kalte Luft und der Mangel an Kondition machten sich nach wenigen Hundert Metern bereits deutlich bemerkbar. Seitenstechen und eine brennende Lunge nagten am Durchhaltewillen der Kriminalkommissarin, welche sich der Lösung ihres ersten eigenen Mordfalls so nahe wie noch nie wähnte.

Die junge Frau biss die Zähne zusammen, versuchte, so gut es ging, ruhig und tief durch die Nase zu atmen und im ihr schnellstmöglichen Laufschritt zu bleiben. So gelang es ihr, Sichtkontakt zu dem Fahrradfahrer zu halten, bis dieser nach links abbog und so aus ihrem Blickfeld verschwand.

Michaela schimpfte innerlich mit sich selbst, warum sie nicht doch einfach ihr Auto in der Nähe geparkt hatte. Die junge Polizistin glaubte, es vermasselt zu haben. Der Fahrradfahrer würde nun zu seinem Ziel gelangen und sie hätte keine Chance mehr, dieses zu ermitteln.

Schnaufend bog sie ebenfalls nach links ab. Die Straße führte hier weiter durch ein Wohngebiet und gabelte sich etwa fünfhundert Meter entfernt. An dieser Gabelung vermochte Michaela ein Gebäude zu erkennen, welches sie an eine Schule samt Pausenhof erinnerte. Direkt daneben stand ein hoher Rohbau kurz vor der Fertigstellung. Dem Anschein nach entstanden hier weitere Klassenräume. Gerade noch konnte die Kriminalkommissarin sehen, wie der Fahrradfahrer das Treppenhaus des künftigen Schulgebäudes betrat. Dabei zeigte sich im fahlen Licht der Straßenlaterne, dass er eine Pistole schussbereit vor sich hielt, ehe er in der Dunkelheit verschwand.

Unwillkürlich verlangsamte Michaela ihr Tempo etwas und lief dicht an den Häuserwänden entlang. Sie schien Glück zu haben. Der Landrat musste am Ziel angekommen sein. Allerdings besaß er eine Schusswaffe. Sie wollte sich ihm ungern im Dunkeln unvorbereitet näheren und darauf hoffen, dass es sich nur um eine Schreckschusspistole handelte. Im Lauf griff sie an ihren Gürtel und nahm Pfefferspray und Smartphone in die Hände.

***

Für derlei Situationen war der Mann vor langer Zeit einmal ausgebildet worden. Das vermeintliche Sportgerät in seinen Händen würde nun seinem ursprünglichen Zweck dienen. Der Erpresser sollte gleich die erschreckende Erfahrung machen, dass sein Opfer immer noch ein hervorragender Schütze war. Langsam und mit vorsichtigen Schritten bewegte er sich Raum für Raum voran. In jedem Stockwerk lauschte er in die Dunkelheit, ehe er weiter schlich. Ihm war klar, dass dies eine Falle sein musste. Die Ereignisse der vergangenen Tage ließen keinen anderen Schluss zu. Sein Gegenspieler lauerte hier auf ihn. Er konnte jenes makabere Spiel heute beenden und würde dadurch nicht nur seine Sicherheit wiederbekommen. Am Ende sollten sie ihn als Helden feiern, dachte er und betrat das oberste Stockwerk, welches weder über eine Decke noch alle Wände verfügte. Vorsichtig passierte er eine letzte Innenwand, die ihm seinen freien Blick auf die Baustelle und das dunkle Saarbrücken dahinter versperrte.

***

Jetzt galt es. Ein letztes Mal musste er schnell sein. Die leisen, jedoch schnellerwerdenden Schritte vernahm er deutlich. Im Licht der entfernt stehenden Straßenlaterne vermochte er zunächst die Pistole des Ziels zu erkennen, dann die in der zweiten Hand bereitgehaltene, ausgeschaltete Taschenlampe. Glaubte jener wirklich, ihn überraschen zu können?
Wie ein Tiger stürzte er sich auf seine Beute. Die Rechte schloss sich, einem Schraubstock gleich, um die Schusswaffe. Der linke Ellbogen traf die Schläfe des Ziels in einer Vorwärtsbewegung. Mit der nahezu waagrechten Rückwärtsbewegung, die ebenfalls von ganzem Körpereinsatz gekennzeichnet war, schmetterte ein erneuter Ellbogenschlag gegen die Kehle des Opfers. Diese Treffer

mussten entscheidend sein, denn diesmal hatte er es mit einem echten Gegner zu tun.

Die dem Ziel entwundene Pistole ließ er fallen. Glücklicherweise löste sich kein Schuss. Dafür schlug sein Gegenüber mit der aufleuchtenden Taschenlampe nach ihm. Die emporschnellende Linke blockierte den Angriff Unterarm gegen Unterarm. Trotz des Aufpralls verspürte er nicht den geringsten Schmerz. Selbst wenn ihm dies nicht rund vier Jahrzehnte Training gesichert hätten, sein Zorn und das Adrenalin ließen solche Nervenreize nicht aufkommen. Mit beiden Händen zog er sich an das Ziel heran und trat diesem machtvoll mit dem rechten Knie in den Unterleib. Ein unterdrückter Schrei bestätigte ihm erneut den gewünschten Erfolg seines Treffers. Sein Ziel ließ die Taschenlampe fallen. Mit beiden Händen fasste er den Kopf, riss ihn hinab und führte gegen diesen das linke Knie mit aller Macht.

Er löste den Griff um sein Opfer, das sich wankend aufrichtete und gerade noch so auf den Beinen halten konnte. Die Hände hatte der Mann im Zurückstolpern zwar erhoben, jedoch sollte ihm keine Gegenwehr mehr möglich sein.

„Das ist für Sofie", sagte er zu dem Mann.

Mit beiden Händen fasste er auf seinen Kopf und stürmte mit den nach vorne zeigenden Ellbogen voran. Gleich einem Stier mit gesenkten Hörnern stieß er so gegen die Brust des angeschlagenen Ziels und beförderte es über die kaum fünfzig Zentimeter hohe Mauer. Dem Sturz in die Tiefe blickte er nach. Fünf Stockwerke hinab ging der Fall und endete durch den Aufprall auf einem abgestellten Betonmischer. Es bestand kein Zweifel: Das konnte sein Ziel nicht überlebt haben. Mit einem Seufzen unter der Sturmhaube wendete er sich ab und blickte direkt in einen extrem hellen Lichtkegel. Geblendet drehte er sich weg, dann vernahm er jene ihm wohlbekannte Frauenstimme:

„Halt! Keine Bewegung! Polizei!"

***

Michaela Burghardt musste sich eingestehen, etwas zu langsam gewesen zu sein. In Anbetracht der Tatsache, dass sie einen Verdächtigen mit einer Schusswaffe verfolgt hatte, musste sie vorsichtig sein. Als der Kampf im fünften Stock begann, war dies ihr Startsignal zum Sprint im Treppenhaus.

Nun sicherte sie mit taktischer Taschenlampe und Pfefferspray in Richtung einer hochgewachsenen, schlanken Gestalt, die eindeutig Polizeieinsatzkleidung trug. Die Sturmhaube, die Handschuhe und auch die Jacke mussten alle dienstlich geliefert sein. Sollten ihre Überlegungen der letzten Minuten richtig sein und tatsächlich der Landrat nun tot am Fuße des Gebäudes liegen, so gab es aufgrund der Statur nur noch einen möglichen Schluss auf die Identität des Martial Arts Killers.

„Es ist vorbei, Rüdiger!", rief die Kommissarin. „Du kannst die Maske jetzt fallen lassen!"

Die hochgewachsene Gestalt nickte langsam und zog dann den Sehschlitz der Sturmhaube über das Kinn.

„Mein Kompliment, Küken", sagte Rüdiger Edelmann, ohne dass seine Stimme in irgendeiner Weise erkältet klang. „Das hätte ich dir nicht zugetraut."

„Du hast fünf Menschen ermordet!", brüllte die junge Polizistin. Diese Erkenntnis drohte sie zu übermannen.

„Sie hatten es verdient", antwortete er. „Jeder von ihnen. Sie haben Sofie nicht nur mehr als acht Sunden lang als Sexobjekt missbraucht, sie haben sie auch ermordet. Als sie endlich damit herauskam und gegen den einzig ihr bekannten Täter, der alles eingefädelt hatte, diesen Grünspecht, mit ihrer Mutter Anzeige erstattete, haben die Schweine das ganze Verfahren frisiert, ehe ich davon Wind bekam. Dann haben Kubek und Müller sie wieder mit Geld rausgelockt und ermordet.

Die Mistkerle haben ein dreizehnjähriges Mädchen gewürgt, mit dem Kopf gegen die Wand geschlagen, getreten, mit Knien und Ellbogen traktiert und ertränkt! Anschließend schaffte es dieser Vorzeigekommissar tatsächlich mit einem simplen Trick, zwei Fälle zu vertauschen und alle Beweise zu vernichten."

„Und das wolltet du, Baumann und die Olschefskis nicht zulassen", ergänzte Michaela.

„Wir haben getan, was in unserer Macht stand, doch wir rannten gegen eine Wand", erklärte Rüdiger. „Die fünf haben sich chemisch reingewaschen. Mich hätte das fast umgebracht. Als Sofies Mutter vor sieben Jahren an Krebs starb, habe ich ihr auf dem Totenbett versprochen, dass dieses Verbrechen nicht ungesühnt bleiben würde. Baumann, Klaus Olschefski und ich schworen uns, die Kerle fertigzumachen. Klaus' Frau hielten wir übrigens aus der Sache raus. Je weniger davon wussten, desto besser.

Wir haben in den vergangenen Jahren einiges über die Schweine herausgefunden. Zum Beispiel dass der liebe Landrat einen Fördertopf des Landes für Immobilienspekulationen angezapft hat und damit wenigstens drei Millionen Euro veruntreute. Oder dass der freundliche Gerichtspräsident auf Staatskosten Sexreisen nach Thailand unternahm."

„So gelang es dir auch, Kubek heute hier herauszulocken."

Rüdiger nickte.

„Ich drohte ihm anonym, dass ich sein Leben zerstören würde, wenn er mich nicht bezahlt. Das hätte ich mit den gesammelten Informationen auch tun können."

„Warum hast du das nicht getan?!", brüllte Michaela fast. „Damit hättest du alle fünf ganz legal hinter Gitter gebracht!"

Rüdiger schüttelte den Kopf.

„Nichts davon wäre ausreichend gewesen, um eine angemessene Bestrafung für die Vergewaltigung und den Mord an einem Kind abzugeben."

„Also hast du dein eigenes Urteil vollstreckt", kommentierte Michaela. „Und die Corona-Pandemie, der Lockdown sowie die gebeutelten Kampfsporttrainer waren deine Chance, die perfekte Rache zu üben. Du wolltest nicht nur die Täter umbringen, du wolltest, dass es genauso geschieht, wie Sofie ums Leben gekommen ist. Du wolltest sie würgen, sie treten, sie mit Knien und Ellbogen traktieren, sie ertränken und mit dem Kopf gegen Beton schlagen. Ist es nicht so?"

„Du hast es richtig erfasst."

„Aber wieso?! Warum wird ein Mordermittler kurz vor seiner Pensionierung zu einem kreativen Serienkiller? Wieso?!"

Michaelas Erregung befand sich auf dem Siedepunkt. Auch wenn sie nun die Wahrheit kannte, ihr erschien diese derart surreal, dass sie es einfach nicht begreifen wollte.

„Sie war meine Tochter", sagte Rüdiger.

***

„Deine Tochter?!", wiederholte die Kriminalkommissarin den überführten Serienmörder. „Aber ich dachte, deine Kinder leben beide noch."

„Sofie ist unehelich. Ein wunderschöner Seitensprung, den mir meine geschiedene Frau verziehen hat. Ich machte es nicht öffentlich, kam jedoch den finanziellen Verpflichtungen nach und hielt auch etwas Kontakt mit Sofie und ihrer Mutter. Sie brauchte keinen Gerichtsbeschluss und mit einem unbekannten Vater gab es für sie viel leichter Unterstützung vom Staat."

„Deshalb liest du seit zehn Jahren keine Presse mehr, weil dir die Berichterstattung über den Fall nicht gefallen hat."

„Das war nur sensationsgeiler Mist und hatte mit der Wahrheit nichts zu tun."

Michaela und Rüdiger schwiegen einen Moment. Dann war es der ältere Kollege, der als Erstes wieder Worte fand.

„Du kanntest Sofie auch, Michaela. Was ihr angetan wurde, war ein himmelschreiendes Verbrechen. Dieses wurde nun gesühnt. Erzähl den Kollegen einfach, dass du Kubek hierher gefolgt bist und er dich ermorden wollte. Er wird zum

Martial Arts Killer und du bist die Heldin, die alles herausgefunden hat. Mein Posten und mein Dienstgrad sind dir sicher. Wir sind zuallererst dem Recht verpflichtet. Wird es von jenen gebrochen, die geschworen haben, es zu verteidigen, ist die Zeit zum Widerstand gekommen."

Michaela war Rüdiger dankbar für diese Worte. Sie erleichterten ihr die Entscheidung erheblich.

***

Gegen den Klang der herannahenden Sirenen mehrer Einsatzfahrzeuge der Polizei rief Michaela laut und deutlich:

„Rüdiger Edelmann! Ich verhafte Sie wegen der Morde an Gernot Müller, Hans-Peter Schulmann, Klaus-Dieter Grünspecht, Jürgen Ginzel und Wolfgang Kubek!"

Der überführte Kriminalhauptkommissar schaute über den Mauerrand hinunter zu zwei Streifenwagen, zwei Zivilfahrzeugen mit Blaulicht und einem Einsatzbus, aus denen nun die Beamten mit gezogenen Dienstwaffen sprangen. Dann bewegte er sich mit erhobener Deckung schneller aus dem Lichtkegel der taktischen Taschenlampe, als seine Kollegin zu träumen gewagt hätte.

Michaela feuerte den Strahl zäher, klebriger Paste ab, der bei Kontakt in den Augen wie Feuer brannte. Sie erwischte jedoch nur die Schulter und die linke Seite von Rüdigers Einsatzjacke. Im Licht der Taschenlampe, mit der sie seiner Bewegung folgte, erahnte sie die Pistole des toten Landrats, welche nach wie vor auf dem Boden lag. Sie wusste, er durfte sie nicht bekommen.

Die junge MMA-Kämpferin ließ Pfefferspray und Taschenlampe fallen, denn sie hatte nicht gelernt, jene in das folgende Manöver einzubeziehen. Langgestreckt stürzte sie schräg von hinten mit den Armen voran in den Lauf des Martial Arts Killers, umschlang dessen Beine und drückte aus dem ganzen Körper und mit vollem Schwung ihre rechte Schulter gegen seinen linken Oberschenkel nach unten. Ihr improvisierter Rear Double Leg Takedown zeigte die gewünschte Wirkung. Rüdiger strauchelte und fiel vornüber. Sein Abrollen zur Seite riss Michaela so mit sich, dass sie halb unter ihm landete.

Aus den Augenwinkeln nahm sie im Licht der weggerollten, jedoch noch aktiven taktischen

Taschenlampe wahr, dass er die Pistole nun in Händen hielt. Einer Schlange gleich arbeitete sich die junge Frau weiter vor und flocht die durchtrainierten Schenkel um Rüdiger herum, sodass die ineinander verschränkten Sprunggelenke sich an seinem Bauch festzogen. Mit beiden Händen fasste sie gleichzeitig die Rechte ihres Gegners und die Pistole und trachtete danach, in dieser Stellung zu verharren, bis die Verstärkung endlich im fünften Stock angekommen war.

Rüdiger Edelmann, der ebenfalls mit beiden Händen die Waffe umfasste, nutzte nicht nur seine Kraft, um die Bedrängnis durch seine ehemalige Partnerin im Polizeidienst abzuschütteln. Neben einer Hebeltechnik am Lauf der Pistole, welche dazu geeignet war, Michaelas Kontrollversuch früher oder später zunichtezumachen, nutzte er beide Beine, um das ungleiche Paar über den rauen Betonboden zu einer Wand zu schieben. Sein Gewicht in Verbindung mit dem steinernen Boden raubte der jungen Frau den Atem. Sie dankte jeder Übungsrunde BJJ, die sie jemals abgeleistet hatte. Gefühlt hatte sie ihr ganzes bisheriges Training als Kampfkünstlerin auf diese

Auseinandersetzung vorbereitet, bei der es ohne den geringsten Zweifel um Leben und Tod ging.

Nach wenigen Metern und Augenblicken stießen Michaela und Rüdiger an die Grenze der Ummauerung. Die junge Kämpferin entschied sich, in ihrer Position durchzuhalten. Jede Änderung ihrer Kontrolle barg das Risiko, dass ihr Gegner die Schusswaffe zum Einsatz brachte.

Edelmann riss seine Arme und damit die Waffe dichter an sich heran, was es der Kriminalkommissarin deutlich erschwerte, gegen seine Manöver anzuhalten. Sie musste zu ihrem Entsetzen anerkennen, dass der fast sechzig Jahre alte Mann wesentlich mehr Kraft und Agilität vorzuweisen hatte, als sie ihm jemals zugetraut hätte. Nun gelang es dem Serienmörder, langsam und beständig mit immer neuen, ruckartigen Bewegungen den aufgrund des Ringkampfs stetig umherschwingenden Lauf der Pistole zu drehen. Der Polizistin blieb nichts anderes übrig, als zuzusehen, wie sich die todbringende Öffnung ihr im Fortgang des dynamischen Handgemenges kontinuierlich näherte.

„Hör auf, Rüdiger!", schrie Michaela ihrem ehemaligen Partner ins Ohr. „Was willst du damit erreichen?! Ich kannte Sofie! Sie hätte das nicht gewollt!"

Kurz verharrte der Lauf der Schusswaffe.

„Verzeih mir, Michaela", raunte der Martial Arts Killer.

„Hierher!", brüllte die junge Polizistin.

Mit einem Ruck brachte der Kriminalhauptkommissar der Saarbrücker Mordkommission den Lauf der Pistole in Position.

„Nein!", schrie die Ermittlerin, so laut sie es vermochte.

Ein Schuss löste sich und der getroffene Schädel wurde von der Wucht des Projektils erschüttert. Der leblose Körper verlor sogleich jede Kraft. Michaela Burghardt öffnete ihre Umklammerung des Mannes, der nach wie vor auf ihr lag. Als die Beamten des Sondereinsatzkommandos Rüdiger von ihr herunterzogen, brachen sich die Tränen ihre Bahn.

Kapitel 27 – Die Last

1. Januar 2021, 4:56 Uhr

Michaela Burghardt vermochte kaum zu fassen wie froh sie in jenem Moment war, weil Kollegen des Landeskriminalamts die Verhöre durchführten. Mit verschränkten Armen stand sie im Nebenraum des Verhörzimmers 2 des Polizeipräsidiums und schaute zusammen mit ihrem Chef Manfred Schröder und der Verfassungsschützerin Frau Maier durch den Einsichtspiegel. Klaus Olschefski legte gerade vor den Beamten in Gegenwart seines Anwalts ein umfassendes Geständnis ab. Zuvor hatte es Professor Baumann in der gleichen Weise gehandhabt. Die Kommissarin überraschte die Verfügbarkeit der Rechtsvertreter. Sie vermutete, dass die beiden Komplizen des Martial Arts Killers entsprechende Vorbereitungen getroffen hatten. Reue für die Taten zeigten die dringend Tatverdächtigen jedenfalls nicht.

Schröder schaltete die Übertragung aus dem Verhörzimmer ab und wandte sich an die beiden Frauen.

„Wir haben jetzt also ein klares Bild mit Motiv und Tathergang", erklärte er. „Alle fünf Mordopfer verbindet eine alte, gewachsene Männerfreundschaft, deren Tiefe auch für uns nicht leicht zu ermitteln gewesen ist. 2009 spricht Klaus-Dieter Grünspecht nach einem Tipp von Hans-Peter Schulmann die damals zwölfjährige Sofie Frei, eine uneheliche Tochter von Rüdiger, in einer Chatgruppe an, ob sie für Geld ihr erstes Mal mit ihm haben möchte. Sie willigt ein, ist dann jedoch überrascht, dass sie nicht ein Mann, sondern fünf erwarten. Die anderen lernt das Mädchen nie kennen, denn diese sind maskiert und vergewaltigen und missbrauchen sie in den kommenden Stunden mehrfach. Sofie redet sich ein, dass sie so gutes Geld verdient hat, und schweigt zunächst. Schließlich offenbart sie sich jedoch ihrer Mutter und erstattet Anzeige gegen den einzigen, ihr bekannten Täter. Der Prozess wird zum Schutz des Mädchens unter Ausschluss der Öffentlichkeit geführt und auch weitestgehend aus den Medien herausgehalten. Ginzel,

Müller und Schulmann fingieren die Verhandlung und erzielen im Herbst 2010 so einen Freispruch für Grünspecht. Da eine mögliche neue Auflage des Prozesses unter Umständen nicht mehr so leicht hätte kontrolliert werden können, entschließen sich die fünf, das Mädchen zu ermorden. Manfred Kubek wird dabei von Müller unterstützt. Er schlägt sie brutal zusammen und wirft sie in die Saar. Die Ermittlungen in diesem Fall übernimmt er selbst und lässt die Beweise auf eine geradezu geniale Weise verschwinden. Nachdem vor allem Professor Baumann klare Hinweise auf einen Mord erkennt, vertauscht er die Kennungen der Beweismittel und so wird gemäß den damals noch gültigen Vorschriften selbst die kleinste Spur vernichtet. Er nimmt die Schuld dafür theaterreif auf sich und lässt sich versetzen, bevor er in die Politik geht.

Rüdiger und Baumann versuchen daraufhin zusammen mit dem Ehepaar Olschefski über mehrere Jahre hinweg, einen Weg zu finden, das Verbrechen doch noch aufzuklären. Jedoch haben die Täter ihre Spuren perfekt verwischt und ein Geständnis ist von ihnen nicht zu erwarten.

Rüdigers Ehe zerbricht sogar an dem Tod seiner unehelichen Tochter. Die Ehefrauen der Straftäter haben zum Teil etwas von dem Ganzen mitbekommen. Schulmanns Frau lässt sich scheiden, Grünspechts hat einen Nervenzusammenbruch. Als Zeugen stehen sie jedoch nicht zur Verfügung.

Auf dem Sterbebett der Mutter des Opfers schwört Rüdiger Rache und holt hierfür schon vor etlichen Jahren Baumann und Klaus Olschefski als Verstärkung. Die drei lassen meine Sekretärin bewusst außen vor. Sie sammeln alle möglichen Informationen über die späteren Opfer und decken eine ganze Reihe von Straftaten und Korruptionsdelikten auf. Die fünf Täter müssen sich wie die verborgenen Herrscher des Saarlands gefühlt haben. Sie stellten jedoch nichts mehr an, was vergleichbar mit einem Mord war.

In Rüdiger und seinen Verbündeten reift der Entschluss, selbst Vollstrecker ihres eigenen Urteils zu werden. Die Corona-Pandemie bietet hierfür den perfekten Anlass. In der allgemein vergifteten Diskussionsatmosphäre dieser zweiten Infektionswelle häufen sich die Morddrohungen gegen die Lockdown-Befürworter. Ohnehin bleibt Rüdiger nicht mehr allzu viel Zeit Rache zu nehmen, da er bald aus dem aktiven Dienst ausscheiden würde. Dann könnte er nicht seine Position nutzen, um zum Beispiel die Taten unbekannten Corona-Terroristen aus der Kampfsportwelt in die Schuhe zu schieben. Eine Talkrunde mit dem Kampf-kunstlehrer Mario Longini gibt den Ausschlag, jetzt zur Tat zu schreiten. Dabei entsteht auch die Idee, den fünf Tätern das anzutun, was sie Sofie angetan haben.

Mit seinen überragenden Nahkampffähigkeiten und den lange recherchierten Verhaltensmustern erledigt er die ersten drei und sorgt am Tatort und bei den Ermittlungen, unterstützt von Professor Baumann, dafür, dass er keine Spuren hinterlässt. Einziger Schönheitsfehler bleibt, dass er zweimal von einer Streife beim Verletzen der nächtlichen Ausgangssperre erwischt wird. Da er dienstliche Gründe angibt, werden diese untersucht und er bekommt von mir dafür sogar eine Ermahnung, weil dies nicht stimmte. Mir hat er etwas von einer neuen Freundin erzählt.

Der Leiter der Gerichtsmedizin gibt derweil, wie ich gerade gestern Abend durch einen Kontakt beim Saarländischen Rundfunk ermittelt habe,

Informationen an die Medien heraus. Nicht etwa, um sich wichtig zu machen, sondern um den Mythos von Corona-Terroristen aus der Kampfsportszene zu befeuern und damit vom eigentlichen Motiv abzulenken.

Den noch lebenden beiden Opfern dämmert, dass es einen anderen Zusammenhang geben könnte, und als sie sich in der Tiefgarage des Gerichts treffen, gelingt es Rüdiger mit der Hilfe von Klaus Olschefski, unerkannt Ginzel zu töten. Jetzt kommen Staats- und Verfassungsschutz auf den Plan und Rüdiger meldet sich mit einer möglichen Corona-Infektion krank. So scheidet er selbst für die einzige Ermittlerin, welche das Spiel langsam zu durchschauen beginnt, als Verdächtiger aus."

„Dafür hatte ich zeitweise das fünfte Opfer und sogar dich im Visier", relativierte Michaela dieses kaum versteckte Lob ihres Chefs.

„Sei bitte nicht zu bescheiden", widersprach er ihr sogleich. „Dass der Fall gelöst wurde, ist dir zu verdanken. Während Rüdiger seinen ehemaligen Vorgesetzten mit einer ganzen Reihe von Beweisen zu handfesten Skandalen bombardierte und diesen so zu einem Treffen abseits des Poli-

zeischutzes zwang, haben wir dich irrsinniger-
weise vor die Tür gesetzt.

Rüdiger erkannte, dass du ihm auf den Fersen
warst, und beauftragte Professor Baumann, seine
Kollegin zu beschatten und lahmzulegen, wenn
du das Haus verlässt, um die Sache selbst in die
Hand zu nehmen."

„Das wäre ihm auch beinahe gelungen",
kommentierte Michaela.

„Allerdings rechnete wohl niemand von denen
mit deinen Verteidigungsfähigkeiten", meinte
Schröder anerkennend. „Dass Wolfgang Kubek
und Rüdiger Edelmann jetzt tot sind, ist meine
Schuld. Ich hätte dir glauben sollen. Du hast richtig gehandelt und konntest den Kampf der beiden
nicht verhindern. Ich bin froh, dass du selbst nicht
zu Schaden gekommen bist und dass du zu
meinem Team gehörst."

„Danke", entgegnete Michaela knapp. Unter ihrer
Mund-Nasen-Bedeckung errötete sie aber vor
Stolz.

„Nun, jetzt ist jedenfalls bewiesen, dass dies kein
Fall für den Verfassungsschutz war", kommentierte Frau Maier mit ihrer näselnden Stimme.

„Und ich kann ebenfalls meine Anerkennung für

Ihren Einsatz nicht verleugnen, Frau Burghardt. Sollten Sie Interesse haben, die Behörde zu wechseln, so darf ich Ihnen versichern, dass derart erstklassige Ermittlerinnen wie Sie beim Landesamt für Verfassungsschutz stets willkommen sind."

„Eher friert die Hölle zu, als dass ich mit so einer eingebildeten Tussi wie dir im gleichen Amt arbeite", wollte Michaela sagen. Diesen Drang unterdrückte sie jedoch erfolgreich. Die Worte ihres Chefs und der Verfassungsschützerin schmeichelten ihrem Ego und ihrem Ehrgeiz. Sie musste sich selbst allerdings eingestehen, in erster Linie wahnsinniges Glück gehabt zu haben. Jenes mochte zwar der Tüchtigen hold gewesen sein, doch bis kurz vor seinem Tod hatte Landrat Wolfgang Kubek ganz oben auf ihrer Liste der Verdächtigen gestanden und eigentlich hatte sie ihn daran hindern wollen, einen Mord zu begehen. Ihren Partner hatte sie viel zu lange als möglichen Täter ausgeblendet. Vielleicht würden beide jetzt noch leben, wenn sie diesen Fehler nicht begangen hätte. Aus diesem Grund und um das neue Jahr nicht mit einer wirklich unglücklichen Aussage zu beginnen, sagte sie schlicht nur:

„Danke.“

***

Die Kriminalkommissarin Michaela Burghardt, welche den Fall des Martial Arts Killers aus den Reihen der Saarbrücker Mordkommission gelöst hatte, war unendlich müde. Nach den zurückliegenden Adrenalinschüben verlangte ihr Körper nun eine ausgedehnte Ruhephase. Sie verabschiedete sich daher von ihrem Chef und der Verfassungsschützerin, welche weiter den Abschluss der Ermittlungen überwachten, und begab sich auf den Weg zu ihrem Auto.

„Ein frohes, neues Jahr“, hörte sie im Treppenhaus auf einmal eine Stimme hinter sich sagen.

„Jerome?“, fragte sie und drehte sich zu dem jungen Mann um, der entgegen der Vorschrift keine Mund-Nasen-Bedeckung trug, sondern seine FFP2-Maske in den Händen hielt. „Warum bist du denn noch da?“

„Als klar war, dass ich unschuldig bin, haben die mich zwar gleich in der Zelle geweckt, aber der Bus zu mir nach Hause geht erst wieder in zehn

Minuten und da dachte ich mir, ich bleibe einfach liegen."

„Eine coole Einstellung", kommentierte Michaela mit einem Grinsen, welches fast durch ihre Maske hindurchschien. „Wenn mich die Polizei schon sinnlos festhält, dann kann ich mich dort ausschlafen, anstatt draußen zu frieren."

„Genau", antwortete Jerome mit jenem einnehmenden Lächeln, für das ihn die Frauen immer wieder anschmachteten.

„Hast du auch so einen Hunger?", fragte er. „Ich könnte jetzt ein paar gute Croissants und einen leckeren Milchkaffee vertragen."

Michaela schaute dem Ex-Freund in die Augen. Sein Blick erschien ihr einfach nur freundlich und zuvorkommend. War es im Jahr 2021 nicht auch okay, wenn man sich als intelligente, junge Frau ein doofes Männermodel anlachte, das eine Granate im Bett ist?

Ihre innere Staatsanwältin und genauso die Richterin sprangen auf und bereiteten Anklage und Urteil vor. Jedoch stürzte sich die Verteidigerin von hinten auf die blöden Kühe, riss sie gleichzeitig zu Boden und brachte sie mit einem Double

Guillotine Choke, einem umgedrehten Schwitz-
kasten gegen beide gleichzeitig, zum Schweigen.

„Schnapp ihn dir, Mädchen!", feuerte die innere
Verteidigerin Michaela an.

Michaela legte den Kopf schief, doch ihre Augen
mussten dem jungen Mann verraten, was sie
dachte, denn seine Miene erhellte sich noch
weiter mit ihren Worten.

„Ich denke, das wäre auch für mich jetzt genau
das Richtige. Komm, ich fahre uns zu dir."

Michaela Burghardt, Kriminalkommissarin der
Saarbrücker Mordkommission und leidenschaftliche Kampfsportlerin, wusste in jenem Moment,
dass dieses Jahr 2021 trotz der Corona-Pandemie
für sie hervorragend begann.

Schlusswort

„Wenn du in Deutschland gelesen werden willst, musst du Krimis schreiben", ist ein viel zitierter Spruch in der Schriftsteller-Szene. Lange habe ich mich dagegen gesträubt, selbst in die Welt der Kriminalfälle einzutauchen. Das lag nicht in erster Linie daran, dass man mich wohl kaum als „Tatort"-Fan bezeichnen kann. Vielmehr erschien mir dieses Genre nicht unbedingt dazu geeignet, eine Kampfkunstgeschichte zu erzählen.

Doch dann kam die Corona-Pandemie mit ihren Toten, den Schreckensmeldungen und den Lockdowns. Mordfantasien gegenüber der Politik, die je nach Lager zu viel oder zu wenig für die Bekämpfung einer Gefahr tat, deren Bedeutung wir womöglich erst rückblickend in ein paar Jahren vollständig erfassen können werden, wurden mit erschreckender Deutlichkeit kommuniziert. Wir befanden uns bereits in der dritten Welle der Pandemie, als in mir die Idee aufkam, dass jene Krise noch vor Impfstart und angesichts von Tausenden Toten pro Woche der

Deckmantel für einen Mörder sein könnte. Dieser sollte aus einem vermeintlich edlen Motiv heraus handeln und über jahrzehntelange Ausbildung im Nahkampf verfügen. Der Martial Arts Killer war geboren.

Ins Saarland legte ich den Fall, um der so zahlreichen und aktiven Kampfkunstgemeinde dieses kleinen Bundeslandes die Ehre zu erweisen. Für mich sind die Saarländer ein ganz besonderer und sehr weltoffener Menschenschlag. Mit ihrem jungen, dynamischen Ministerpräsidenten, welcher sich gerade zu der Zeit, als diese Geschichte geboren wurde, wegen seiner Öffnungsschritte einige Kritik anhören musste, boten sie mir die perfekte Grundlage.

Ich entschuldige mich an dieser Stelle vorsorglich bei allen Experten, welche mit der saarländischen Verordnungslage zur Eindämmung der Corona-Pandemie im Dezember 2020 vertraut sind. Bewusst habe ich mich nicht mit dieser auseinandergesetzt, sondern einige mir bekannte Regeln mit Ausführungen aus der sogenannten Bundesnotbremse verbunden. Wenn ich es richtig verstanden habe, wurden gerade im Saarland Ausgangssperren von Verwaltungsgerichten aufgehoben. Der Umstand, dass die nächtliche Bewegungsfreiheit der Akteure eingeschränkt ist, trägt allerdings nach meiner Ansicht deutlich zur Stimmung des Romans bei.

Als jemand, der bisher relativ wenige Krimis in Buch und Filmform konsumiert hat, ist es mir wichtig, alle dieses Buch lesenden Kriminalbeamten um Verständnis für den fiktiven Charakter der Handlung zu bitten. Wenn man mit Polizisten spricht, so hört man häufig, dass der überwiegende Teil der im Fernsehen gezeigten Kriminalstücke mit echter Ermittlungsarbeit rein gar nichts zu tun haben. Auch wenn ich an einigen Stellen mit diesem Umstand kokettiere und dem geschätzten Leser den Eindruck vermittle, routinemäßige Polizeiarbeit sieht mit Sicherheit anders aus. Mein Anspruch beim Schreiben war lediglich, dass ich mich hier mindestens auf dem Niveau der realistischeren Fernsehunterhaltung bewege. Ich hoffe sehr, dass mir dies gelungen ist.

Wenn dieses Werk erscheint, haben wir hoffentlich den größten Teil jener unsere Gesellschaft erschütternden und unseren Alltag prägenden Pandemie überstanden. Nicht alle Entscheidungen der Politik in dieser Zeit konnte ich teilen oder auch nur nachvollziehen. Bei der Diskussion über die Bundesnotbremse wurde in der Öffentlichkeit kaum über deren teilweise abstruse Vorgaben zum Sport gesprochen. Das Gesetz, welches schon im Sommer oder Herbst 2020 hätte in Ruhe vorbereitet werden können, wurde mit derart großer Eile verfasst, dass aus meiner Sicht extreme handwerkliche Fehler unterliefen. Fehler, die dazu führten, dass selbst die Konferenz der Sport- beziehungsweise Innenminister der Länder beschloss, es schlicht entgegen dem Wortlaut auszulegen. Ein meiner Ansicht nach äußerst bemerkenswerter Vorgang.

Ich habe seinerzeit hierzu eine Kurzgeschichte verfasst und sie im stark frequentierten Blog des Kampfkunst-Boards (www.kampfkunst-board.info) veröffentlicht. „Die Zerstörung der Bundesnotbremse" präsentiere ich Ihnen, lieber Leser, hier als Bonus mit dem Wunsch dieser Zeit:

Bitte bleiben Sie gesund!

Konrad Gladius im Oktober 2021

Kurzgeschichte: Die Zerstörung der Bundesnotbremse

In seinem kleinen Büro ging Rolf auf und ab. Dieser Freitagnachmittag, der 30. April 2021, gestaltete sich für ihn ausgesprochen frustrierend. Soeben hatte er die Auslegungshinweise des Gesundheitsamts zum neuen Infektionsschutzgesetz erhalten. Erneut erschien dies für den hauptberuflichen Tae Kwon Do-Lehrer ein klares Verbot zu sein, den geliebten Kampfsport mit anderen zu teilen. Dabei nutzte er bereits alle sich bietenden Möglichkeiten.

Die Kinder im Alter von 5 bis 13 Jahren durften sich auf Training im Freien und in Fünfergruppen freuen. Dass er dieses Training nur kontaktfrei durchziehen konnte, war zu verschmerzen. Ob seine Nasenschleimhaut die bis zu fünf Schnelltests pro Woche auf das tückische neue Corona-Virus lange mitmachen würde, musste sich noch zeigen. Zumindest wusste er nun immer ganz genau, dass er selbst niemanden anstecken konnte. Diese Sorge trieb Rolf bereits seit dem März 2020 um.

Seine Großtante Helga war kurz nach Weihnachten im Alter von 78 Jahren an COVID-19 verstorben. Ihr Tod muss furchtbar und einsam gewesen sein. Zur Beerdigung durfte der Kampfsport-Trainer nicht einmal kommen. Nur der engste Familienkreis nahm von der geliebten Verwandten Abschied.

Sein eigenes Immunsystem hielt der 46 Jahre alte Vater eines vierzehn Jahre alten Sohnes aus diesem Grund bewusst fit. Er duschte jeden Morgen kalt, ernährte sich gesund, war viel an der frischen Luft und aß nur zwischen 8 und 12 Uhr etwas. Das Intervallfasten überbrückte er mit Flüssigkeit in Form von Mineralwasser. Zweimal täglich gurgelte er außerdem jeweils 30 Sekunden mit Salzwasser. Vor drei Wochen erhielt Rolf zudem, dank seiner Frau, die erste Impfdosis. Ein Hoffnungsschimmer in dieser Zeit der Gefahren und Entbehrungen.

Der Tae Kwon Do-Sportler konnte mit Recht von sich behaupten, nicht zur Fraktion der Verschwörungstheoretiker und Corona-Leugner zu gehören. Lange bevor sie als Accessoire in Mode kam, gehörte die FFP2-Maske zu seiner festen Ausstattung. Seit Februar 2020 besuchte er nur noch eine befreundete Familie und hielt, abgesehen vom Training, zu jedem Mitmenschen einen Sicherheitsabstand außerhalb der Reichweite seiner Yop-Chagi [seitlichen Stoßtritte]. In den vergangenen 13 Monaten lernte Rolf die Bedeutung von Landesverordnungen und von den Allgemeinverfügungen seines Landkreises kennen. Er fand sich im Dschungel der Vorgaben und Verbote zurecht und zusammen mit seiner besseren Hälfte stets ein gute Lösung für sein Dojang [Kampfkunstschule].

Seine Frau, eine glücklicherweise zweifach geimpfte, jedoch kurz vor dem Burn-out stehende Krankenschwester einer COVID-19-Intensivstation, war ihm ohnehin eine wunderbare Stütze. Im Moment vermochte Rolf nicht sicher zu sagen, ob er ihr genug zurückgab. Zumindest managte er den Alltag des Sohnemanns, der seine Schule seit Dezember nicht mehr von innen gesehen hatte. Die gesamte Situation schien für den Tae Kwon Do-Lehrer maximal unerträglich und nun machte ein verunglücktes Bundesgesetz alles noch schlimmer.

„Zerstörung" nannte es sein Sohn, wenn es einer Seite gelang, durch mit Fakten untermauerte Argumente die Position der Gegenseite vollständig zu widerlegen. Rolf hatte erwartet, dass Anfang dieser Woche ein Shitstorm biblischen Ausmaßes genau das vollbringen würde. Die Erwartung kam in ihm auf, als er den Wortlaut des Gesetzes einen Tag nach seiner Veröffentlichung gelesen hatte und seinen Augen nicht trauen wollte. Doch nichts dergleichen geschah. Der Protest erschien sehr verhalten. Das durfte so nicht bleiben.

Rolf atmete tief durch, während er ein letztes Mal aus dem Fenster in den blauen Himmel blickte. Wenige Schritte trugen ihn zu seinem Schreibtisch, auf dem der angeschaltete Laptop bereits wartete. Der Tae Kwon Do-Lehrer begann zu schreiben.

„Sehr geehrte Frau Bundeskanzlerin Doktor Merkel,

mein Name ist Rolf Schmidt, ich bin hauptberuflicher Kampfsportlehrer und mit einer Intensivschwester verheiratet. Als Hinterbliebener einer

Corona-Toten und Vater eines 14-Jährigen erlebe ich die Krise vielleicht etwas intensiver als viele Bürger. Ihre klare Haltung und der Entschluss, bundeseinheitlich zu handeln, um die Pandemie einzudämmen, wurde von mir begrüßt.

Mit großer Überraschung habe ich das überarbeitete Infektionsschutzgesetz, allgemein als „Bundesnotbremse" bekannt, gelesen. Da ich mir nicht vorstellen kann, dass Ihnen alle Einzelheiten bewusst sind, möchte ich Sie heute auf eine Passage hinweisen. Diese kann so unmöglich in Ihrem Sinne gewesen sein und ist zudem weder verhältnismäßig, noch geeignet, um die Ausbreitung des Virus zu unterbinden.

Im „Vierten Gesetz zum Schutz der Bevölkerung bei einer epidemischen Lage von nationaler Tragweite vom 22. April 2021" heißt es unter Artikel 1.6:

„ die Ausübung von Sport ist nur zulässig in Form von kontaktloser Ausübung von Individualsportarten, die allein, zu zweit oder mit den Angehörigen des eigenen Hausstands ausgeübt werden"

Das Bundesgesetz verbietet damit ab einer dreitägigen Inzidenz von 100 oder mehr in einem Landkreis jeglichen Kontakt- und Mannschaftssport im Amateurbereich, unabhängig davon wo und mit wem dieser ausgeführt wird. Die Absurdität dieses Verbots wird manchem auf den ersten Blick nicht deutlich, wenn man hierfür keine Beispiele nennt. Ich liefere Ihnen diese heute gerne.

Sobald ich mit meinem Sohn in unserem Garten Kampfsport mit Kontakt übe, verstößt dies gegen den Wortlaut des Gesetzes! Das Gesetz nimmt hier nämlich gerade nicht Familienangehörige vom Kontaktsportverbot heraus.

Noch abstruser wird das Ganze, wenn man sich bewusst macht, dass nur Individualsportarten zugelassen sind und nicht etwa das individuelle Sporttreiben. Sollte mein Sohn also die Mannschaftssportart Fußball in unserem Garten alleine üben, verstößt auch dies gegen den Wortlaut des Gesetzes.

Sie mögen sich nun darauf berufen, dass wohl selbstverständlich sei, dass das nicht so gemeint wäre. Ich bedaure, Sie auf den Umstand hinweisen zu müssen, dass die Auslegung eines Gesetzes entgegen seinem Wortlaut in Deutschland nicht zulässig ist.

Wie ein derartiger Unsinn den Weg durch Bundestag und Bundesrat, bis hin zur Unterschrift durch den Bundespräsidenten, nehmen konnte, entsetzt mich. Dies ist insbesondere deshalb ärgerlich, da die Aerosolforscher und Experten für medizinische Hygiene uns mittlerweile sehr gute Handreichungen gegeben haben, um eine Ansteckung mit dem Corona-Virus zu verhindern.

Sport im Freien ist demnach bereits eine recht sichere Angelegenheit. Bei Kontaktsport sollte eine Mund-Nasen-Bedeckung getragen werden, um auch wirklich jegliches Restrisiko auszuschließen. Ich selbst habe etliche Sparringsrunden mit FFP2-Maske hinter mir. Das ist nicht immer angenehm, jedoch für den Eigenschutz und den Schutz der Mitmenschen sinnvoll. Ihr Gesetz schließt diese Möglichkeit allerdings aus.

Des Weiteren ist der Text sehr auslegungsbedürftig und sorgt in der Praxis bei den Beteiligten für erhebliche Rechtsunsicherheiten. Unser Landkreis hat deshalb entschieden, jede Form von organisiertem Sport für alle ab 14 Jahren zu untersagen. Auch wenn sich fünf Erwachsene weiträumig auf einem Fußballplatz verteilen und sich niemals näher als vier Meter kommen, ist so ein verabredetes Individualsporttraining im Moment bei uns nicht zulässig. Dass dies bei den Bürgern für Unverständnis und Verärgerung sorgt, sollte sofort klar werden.

Sehr geehrte Frau Bundeskanzlerin,
ich ersuche Sie hiermit mit Nachdruck, das Bundesgesetz entweder umgehend zu überarbeiten oder wieder aufzuheben, bevor dies das Bundesverfassungsgericht tut, welches hierzu noch weit mehr Gründe geliefert bekommt.
Sorgen Sie stattdessen dafür, dass die Menschen sich regelmäßig testen lassen, sich an der frischen Luft treffen und beim Unterschreiten des Sicherheitsabstandes eine Maske tragen. Schnüren Sie ein Finanzpaket, das in der Pandemie die Löhne der vielen Kolleginnen meiner Frau erhöht, die aufgrund der Belastung ihren Beruf aufgegeben haben oder aufgeben wollen. Diese zu halten müsste nun Ihre vordringlichste Aufgabe sein. Sorgen Sie gleichzeitig dafür, dass in allen Bereichen Konzepte ermöglicht werden, um ein sicheres, öffentliches Leben zu gewährleisten. Wir haben in diesem Frühling 2021 die Möglichkeit

für Outdoor-Veranstaltungen. Schnelltests sind flächendeckend verfügbar, sodass Erkrankte in Quarantäne geschickt werden können und sich die Verbleibenden weit weniger Sorgen um eine Ansteckung machen müssen. Es gibt sehr gute Luftreiniger für Innenräume und wir alle sind an Masken gewöhnt. Der sichere Betrieb von Schulen, Theatern und Geschäften muss auch möglich sein, wenn das RKI uns bestätigt, dass im Moment drei von 1000 Bürgern eines Landkreises das Virus aktiv in sich tragen (das entspräche in etwa einer Inzidenz von 300).

Hochachtungsvoll,
Rolf Schmidt."

Einen Moment zögerte der Kampfsportlehrer, die E-Mail zu verschicken, dann klickte er doch auf „senden". Sein Smartphone fand den Weg in seine Hand. Schnell tippte er eine WhatsApp-Nachricht an alle Ü13-Schüler hinein, für die er extra eine eigene Gruppe eröffnet hatte. Hierzu gehörten auch der Ortspolizist und ein Anwalt, mit dem er heute noch seine Möglichkeiten für eine Klage beim Bundesverfassungsgericht besprechen wollte. Folgende Mitteilung ging an die Tae Kwon Do-Begeisterten:

„Ich bin ab 17 Uhr im Stadtpark und übe individuell Poomsae [Formen]. Jeder kann mir zuschauen. Ich trainiere langsam. Zugerufene Fragen beantworte ich."

Rolf rechnete damit, dass er sicher ein gutes Dutzend bekannter Gesichter zu sehen bekäme. Sie würden aufeinander aufpassen und sich an die AHA-Regeln halten. Und dies musste auch so sein.

Über den Autor

Konrad Gladius ist Kampf-
künstler, Selbstverteidi-
gungslehrer und Schriftstel-
ler. Sein Leben hat er der
Kampfkunst zur Selbstver-
teidigung verschrieben. Als
Autor bietet er faszinierende
Einblicke in die Welt der
Martial Arts. Rund drei Jahrzehnte Erfahrung im
unbewaffneten und bewaffneten Nahkampf bilden
seine Grundlage, um sich an ein Themengebiet zu
wagen, das fast kein deutschsprachiger Roman-
schreiber im Blick hat. Martial Arts Killer ist sein
erster Krimi.

Fragen zu seinen Werken beantwortet der Autor
sehr gerne unter:

Konrad.Gladius@fantasymail.de

ROCKET BOOKS

Ein Roman in der Welt von
Das Schwarze Auge©

Konrad Gladius
DA'JIN'ZAT
ISBN: 978-3-946502-56-2
320 Seiten
Softcover/Klappenbroschur
Titelbild: Regina Kallasch
Preis: 14,95 €

In Festum wird eine phexgefällige Einbrecherin nach einem erfolgreichen Bruch von mehreren Schlägern in die Enge getrieben. Ihre Rettung ist ihr Auftraggeber, ein alter Maraskaner, dessen Kampfesweise an geradliniger Effektivität und tödlicher Eleganz ihresgleichen sucht.

Von der Neugier übermannt, gelingt es der jungen Frau, den Maraskaner dazu zu bringen, ihr seine Geschichte und damit die seiner Kampfkunst zu erzählen. Eine Geschichte, die in die frühen Regierungsjahre Kaiser Hals zurückreicht und einen jungen Mann dazu brachte, die uralte Kunst des Rur'Uzat durch Einflüsse des Mittelreichs und des Lieblichen Feldes von Grund auf neu zu denken.

Dabei reiste er durch halb Aventurien und war Zeuge geschichtsträchtiger Ereignisse. Auf den Fersen eines machtbesessenen Magiers sammelte er eine Gruppe ungewöhnlicher Gefährten, um Aventurien und das Gleichgewicht der Welt zu retten, denn:

Die Welt ist schön!

KICKBOX MOM

**Im Leben gewinnst Du
nicht nach Punkten**

Katrin & Konrad Gladius
KICKBOX MOM
ISBN: 979-8-636860-91-4
311 Seiten
Taschenbuch
Titelbild: Volker Loschek
Preis: 9,95 €

Einst war Katrin eine überaus begehrenswerte und sehr erfolgreiche Kickboxerin. Jetzt ist sie Mutter von vier nervtötenden Kindern, mit einem Eierkopf verheiratet und ihr Kampfgewicht hat sich um 25 Kilo gesteigert. Extrem unglücklich entschließt sie sich, ihr Leben vollständig zu ändern. Dabei hat sie zwei Gegnerinnen: Eine stellt sich ihr entgegen, die andere sieht sie im Spiegel ...

Kickbox Mom ist eine Reise in das Leben einer Frau, die bereit ist, störende Einflüsse hart auf die Bretter zu schicken. Das Buch zeigt in einer humorvollen und zugleich packenden Geschichte viele Teilaspekte des Kickboxens auf und ist auch für aktive Kampfsportler geschrieben. Ein Roman für alle, die vor grundlegenden Entscheidungen stehen, und natürlich für jeden Kampfkunstbegeisterten.